天を突く石像

SahO SAsazaWa

JN186325

笹沢左保

P+D BOOKS
小学館

目次

第一章　夜の奇跡

1

　朝日建設――詳しく言えば、株式会社朝日建設工務店の本社は、東京中央区の築地にある。工務店の本社ビルらしく、同じ鉄筋コンクリートの建物でも、その社屋はなかなか凝《こ》った造りであった。地下一階、地上五階のビルだから、規模としては大したことはない。だが、採光設備や窓の大きさ、エア・ドア、自動エレベーター、階段の位置、部屋の配置などに近代建築技術の粋を集めて、無駄がないという点では理想的なビルのサンプルみたいなものだった。

　明るいクリーム色のビルの外壁は、雨の日にはシャーベット・トーンで華やかに浮き出て、晴天の日は南国の街角を思わせるような情熱的な色になって青空に映える。外観も垢抜《あかぬ》けのした、天然色映画に使いたいような瀟洒《しょうしゃ》なビルであった。

　すぐ裏に、東京中央卸売市場があり、目の前に西本願寺の青い屋根が見える。銀座四丁目、三原橋、築地を通って月島八丁目まで行く都電の音が、吸音テックスを使ったビルの各室へ、ほんの気配だけを響かせて来る。車の往来もかなりはげしいが、その騒音は殆《ほとん》ど耳につかない。

朝日建設本社ビルには、企画、総務、営業、技術、現業、の計五つの部、本社々員総員三百五十名、と事務部門の機構がある。大手五社にはまだ及ばないが、新興建設会社の最大のホープとして、朝日建設は業界において注目されている存在である。

技術部の技師室の部屋は三階の東側にあった。技師室に、常時多くの建築技師が屯《たむろ》しているようなことはあまりない。技師には出張が多く、殆どの技師たちは全国各地の建設現場へ散ってしまっているからだ。

だいたい朝日建設は、八十パーセントが建築工事であまり土木工事には重点を置いてない。だから、道路建設、トンネル工事、地下鉄作業などには『朝日建設』の標識が見当たらないのである。

その代わり、ビルの建設現場に『朝日建設』のマーク入りの幕がさがっているのを見受けることは、そう珍しくない。特に朝日建設の工事現場は、新興会社だけあって地方の中小都市に多かった。

ビルの建築ラッシュは、何も東京に限ったことではない。地方の中小都市での需要も大したものである。

最近は県庁、市役所など地方公共建築物の新装工事が増えて、それに町村合併による新しい市の市庁舎新築工事も多くなり、朝日建設の仕事は一つの現場の大きさよりも、現場の数が多いのに悲鳴をあげていた。

大場明徳も、今日、半年ぶりで東京本社に顔を出したのである。

帰京したのが、昨夜十時すぎだった。それまでの半年間、大場明徳は福島、仙台、それに青森の各現場を回っていたのだ。技師室では最年少の三十一歳、それに独身ということで、引き受けなくてもすむ仕事まで背負わされてしまうのである。

大場明徳は、まるで母校を訪れるような感慨をもって築地の本社ビルへ出勤して来た。ビルのクリーム色の壁、靴拭きを踏むと自然に開くエア・ドア、受付嬢の顔、大理石の階段、目に触れる全てのものが懐しく同時にまたもの珍しいような気がするのである。彼は故郷へ戻って来たような、安堵《あんど》感を覚えたのだった。

大場明徳には、もう一つの楽しみがあった。それは同じ技師室の青山清一郎に、半年ぶりで会えることだった。

青山清一郎とは、大学時代から一緒だった。どうせ同じ建築技師として職を得るなら、職場も一緒の方がいいだろう、ということで、二人は朝日建設の入社試験を受けてともに技師室に採用になったのである。大学の工学部土木建築科の学生時代から、朝日建設の技師室へと生活の環境が変わっただけで、二人の親密感は同じ密度で延長されたわけだった。大場明徳はこの半年間、青山清一郎の近況には全く触れていなかった。出張先が次々に移動して行くし、元来が筆不精の二人だったから葉書一枚のやりとりもしなかったのである。

その代わり、いったん東京の土を踏んだからには、大場明徳の気持ちは青山清一郎に会ってみたい一心で弾みに弾んでいた。

「よおっ!」

という学生時代の癖が抜けきっていない掛け声とともに、思いきり青山清一郎の肩を叩いてやりたかったのだ。

大場明徳は、エレベーターを待つのが面倒になり、大理石の階段を、手摺《てすり》に掌を滑らせながら駈《か》け上がった。三階に上がりついて、彼は荒くなった呼吸を鎮《しず》めた。勤務時間中の各事務室は静まりかえっていた。明るい廊下にも人影はなかった。

大場明徳は、悪戯《いたずら》っ子が人を驚かせようとする時みたいな顔つきで、技師室のドアをそっと押し開いた。

技師室は三坪ほどの部屋と、十坪の事務室とに区切られている。小部屋の方は、技師室勤務のタイピストと電話交換嬢が使い、事務室に製図用のデスクや各種の器具、それに青写真などが乱雑に散らかっている技師たちの席がある。

大場明徳が小部屋に入ると、タイピストと電話交換嬢が揃《そろ》って顔を上げた。

「あら……！」

「お帰りなさい」

若い娘たちは、独身技師の半年ぶりの出社を笑顔で歓迎した。

「おみやげ、ないんだよ」

独身技師は、おみやげを買って来る気もなかったくせに、肩をすくめてそう言った。

「いいんです。クリスマスにプレゼントを頂きますから……」

タイピストが赤い舌をペロリと覗《のぞ》かせた。

「そう言えば、クリスマスもあと一週間後か……」

クリスマスなどには縁のない東北地方の町を思い浮かべながら、大場明徳は改めて東京へ帰って来ていることを意識した。

小部屋の壁には、二十名の技師たちの名札がさがっている。東京勤務の場合の技師たちの名札は黒いが、地方出張中だとそれが裏返されて赤札になっているのだ。大場明徳は、習慣的にこの名札の列へ目をやった。彼の名札は赤札になっていた。

《長い間、ご苦労さまでした》

大場明徳はそう呟《つぶや》いて、自分の名札を黒に裏返した。

次に彼は、青山清一郎の名札を目で追った。青山清一郎の名札は黒札になっている。彼は東京勤務のはずである。

《会えるな》

と、大場明徳は思わずニッコリとした。

二十名の技師のうち、五枚を残してあとの名札は全部赤札だった。出張中の技師が多いわけだが、十二月も半ばをすぎて、これから続々と帰京して来るというのが、毎年の例であった。

「青山君、来ているかい?」

大場明徳はタイピストに声をかけた。

「見えてます。朝から出社されているのは青山さんだけですわ」

と、タイピストは答えた。

「それは珍しいな」

大場明徳は奥の事務室を覗き込んだ。

窓際の自分の席で、青山清一郎が新聞を広げている姿が見えた。なるほど、技師室には青山清一郎を除いて人影は見当たらなかった。年末を控えて、仕事に一段落ついたという技師室に相応《ふさわ》しい閑散ぶりである。

「帰ったぞ」

青山清一郎の背後に近づいた大場明徳は、彼の肩を叩いた。だが、そのつもりでいたほどの力はこもらなかった。

「よう……」

振り向いた青山清一郎は、斜《なな》めに半年ぶりに会う同僚の顔を見上げて、白い歯をズラリと揃《そろ》えた。大場明徳が期待していたほど、相手は驚かなかった。まるで大場明徳に肩を叩かれるのを予期していたようである。

「どうだ。変わりなかったか？」

大場が向かいの椅子を引き寄せて、それに腰を据《す》えると、青山は照れたように口許を綻《ほころ》ばせた。

「まあな……」

「今朝はまた、どういう風の吹き回しで、定刻通りのご出勤なんだ？　予定の仕事はないんだろう？」

「いや、多分、君がここへ姿を現すだろうと思ってね」

「嘘をつけ」

「本当だよ」

「ぼくが今日、社へ出て来るということを知っている者は誰一人いないはずだぜ。青森の仕事完了の連絡だけは本社にしてあったけど、ぼくがいつ帰京するかを前もって知らせた相手がいなかったんだからな」

「天網恢恢《てんもうかいかい》、疎《そ》にして漏らさずだよ。悪いことは出来ないものさ」

「悪いことをした覚えはないよ」

「君は昨夜、二十二時十五分上野駅着の列車で帰って来たんだろう?」

「ほう……。確かに、常盤線回りのその列車だった」

「茨城県の日立を通過した頃、君の斜め前の席に、二十三、四歳の色白の女が坐ったと思うんだが……?」

「うん」

「勝田をすぎたあたりで、君はその若い女に話しかけた……」

「あの女の人が、君の知り合いだったというわけか?」

「実はね」

「一体誰なんだ?」

「ぼくの姪《めい》だよ」

「姪?」

「死んだ姉の一人娘さ。姉はぼくと二十も違う。あの年頃の姪があったとしても、不思議ではないだろう」

青山は眼鏡の奥で、神経質そうに瞬《まばた》きをした。

なるほど、天網恢恢何とやらだと大場は思った。昨日の夜行列車で一緒になった娘が、この青山の姪だったとは、大場も想像すらしてみなかったのである。

大場は、昨夜の車中で言葉を交わした若い女の印象を、改めて脳裡《のうり》に描いてみた。青山の言う通り、その女は二十三か四という年頃だった。

色の白い、目鼻立ちが全体に小ぢんまりとした、繊細な感じの娘であった。化粧っ気がないのに、唇がピンク色していたことを、大場は鮮明に記憶している。喋《しゃべ》っている時は、黒い目が小鳥のそれのように忙しく動いて、笑うと小さな八重歯が覗《のぞ》いた。体臭を全く感じさせないような、清潔感がその小柄な身体を包んでいて、色では表わせない、『透明』といった印象の娘だった。

確かに彼女は、上野駅での別れ際に久保田冬子と名乗った。冬子とは珍しい名前ですね、と大場はそこで目を見はったものである。

「久保田冬子……」

大場は念を押すように、そう呟《つぶや》いた。

「そうだよ。それがぼくの姪の名前だよ」

青山は声には出さずに笑った。

「しかし、その彼女から君はぼくが東京へ帰って来たことを聞いたのだとしても、彼女はどうしてぼくという人間を知っていたのだろう？」

「君は冬子に、名前を明かしただろう。それから朝日建設技師室に勤務しているということも……」

「勿論、口をきき合う者のエチケットとしてね」

「それを言えば、冬子が低能だったとしても、ぼくに君と同じ列車に乗り合わせたことを伝えるに決まっているじゃないか。冬子だって自分の叔父が朝日建設の建築技師だぐらいのことは心得ているからね。今夜汽車の中で叔父さんと同じ会社の技師と知り合ったわと冬子が言えば、ぼくだって何という人だったと訊《き》くだろう。冬子は、大場明徳と名乗った、と答える。ぼくは、ははあ、君が東京へ帰って来たな、それでは明日の朝、会社へ顔を見せるだろう、と見当をつける。簡単な段取りじゃないか」

言われてみれば、分かりきった話である。大場も驚いた自分が腹立たしくなった。種をまいた当人というものは、案外、なぜこんなところに発芽したのか、首をかしげることがあるのかも知れない。

「その冬子さんは、東京の君のところへ出掛けて来たのか？」

照れ臭さもあって、大場はさりげなく話題を変えた。

「そうなんだ。冬子も来年あたりは日立の中学校の教師と結婚する予定だ。それで、今年の年末は東京で過ごしたいなんて、手紙をよこしてね。ぼくも、冬子に会わせたい人間がいるし、それなら出て来いっていうことになって……」

と、青山はしきりと右手で顎《あご》のあたりを撫で回していた。見ようによっては、青山もまた照れているようなその仕種《しぐさ》だった。

「会わせたい人間って誰だい？」

大場は訊いた。冬子に中学校の教師をしている婚約者がいると分かって、大場の胸に極く小さな失望の泡が散った。あるいは、冬子が大場の好みに合う女性だったのかも知れない。

「それがね……君にはどうも突然の打ち明け話なんだが、ぼくも冬子に足並みを揃《そろ》えようと思ってね」

青山は、視線を窓の外へ向けた。

「足並みを？」

大場には、咄嗟《とっさ》に青山の言葉を解釈することが出来なかった。

「つまりだ。ぼくも、来年の四月、結婚しようと思ってね」

青山は苦笑しながら言った。

「結婚?」

大場はふと、真剣な面持ちになった。それだけ、青山と結婚とが素直に結びつかなかったのである。青山がまるで、精神に異常を来したのではないか、と疑いたくなるほど、大場の頭の中では同僚の言葉とその内容が密着しないのだ。

それもそのはずだった。いまさら、姪と足並みを揃えて来年四月に結婚したいもヘチマもない。青山清一郎にはすでに結婚三年目を迎えた妻もいるし、一歳と七か月になる男の子まであるのだ。

「おい、君はいつ離婚したんだ?」

と、大場は青山に顔を近づけた。

「離婚? 離婚なんてしないよ」

青山はムッとしたように頰を硬《こわ》ばらせた。

離婚していないとすれば美津江という妻と子供の高志は、現在も上目黒の朝日建設社員アパートに住んでいるはずである。それでいて、青山が来年四月に結婚するというのは、一体どうしたことなのだろう。青山のつもりが全然吞《の》み込めなかった。

「冗談はよせよ」

大場は無理に、引きつるように笑いを見せた。彼は戸惑いながら、たぶん冗談だろうと思ったのである。

「冗談でこんな話が出来ると思っているのか?」

青山は相変わらず、怒ったような顔つきだった。

「じゃあ、本気なのか?」

「勿論、本気だ」

「その、来年の四月に結婚するという相手の女性もいるんだな?」

「当たり前だよ」

「何者なんだ?」

「普通の家庭のお嬢さんだ。原理恵子という……」

「君に妻子があると承知の上で、そうなった女か?」

「愛し合っている」

「しかし、堅い家庭の娘さんなら、彼女の家庭の者が妻子ある男との恋愛や結婚は許さないだろう?」

「いや、彼女の両親も兄弟たちも、ぼくたちのことは認めてくれている。むしろ、賛成しているよ」

「変わった家庭だな」

「家族たちに理解があるんだ」

「それで、美津江さんや高志ちゃんの処置はどうするつもりだ？」

「まだ、そこまでは考えていないよ」

「無責任な男だな。何だか君らしくないじゃないか」

「しかし、今のところ、美津江や高志をどうすることも出来ないだろう」

「まさか、重婚罪に問われるようなことはしないだろうな」

「いや、理恵子さんとのことがはっきりすれば、美津江の方から別れてくれって言い出すと思う」

「どうも分からんなあ」

「嘘だと思うなら、今夜ぼくに付き合ったらどうだ。今夜、ぼくは冬子を連れて理恵子の家に行くことになっている」

「冬子さんに会わせたい人というのは、その君の愛人のことか？」

「そうだ。ぼくの血縁関係者であって今も生きているというのは、冬子ただ一人だけだからね。ぼくの未来の女房になる女性を、紹介しておく必要もあるだろう。それに加えて、ぼくの最も親しい他人の代表として、君を連れて行くのもおかしくはないと思うよ。行ってくれるだろう？」

「行くことはかまわんさ。しかし、どうも釈然としないな」

「何が？」

「美津江さんと高志ちゃんの存在を、君はまるで無視しているじゃないか」

「そうは思ってないがね。愛している女と結婚する……これが、ぼくの権利であり、また義務でもあるんだ」

そう言う青山の双眸《そうぼう》には、異常に熱っぽい輝きがあった。

大場は呆気《あっけ》にとられて口を噤《つぐ》んだ。

《どうかしている……》

と、彼は青山の言動からそう判断せざるを得なかった。

大場の知っている限りでは、こんな無責任な行為に乱暴な理由づけをする青山清一郎ではなかったのである。

どちらかと言えば、学生時代から、青山は女に対しては慎重派であった。内気だったのかも知れないが、あまり自分の方から女には積極的に近づかなかった。それに、恋愛のために全てを忘れるという性格ではなかったのだ。何事に対しても常識的だったし、学生にありがちな無茶な理窟《りくつ》も青山の場合、決して押し通そうなどということはしないのである。

だから、青山が朝日建設に入社して四年目に、総務部の会計課にいた美津江と恋愛した時、大場も進んで恋の結晶に協力したものである。

恋愛は冒険だ、消極的にやっていたら結実はしない——と、大場は毎日のように青山をけしかけて二人だけの時間を持たせるべく蔭の力になったのだ。その効果ばかりとは言えないが、とにかく青山と美津江は無事に結婚した。結婚してからの家庭も、波風は少なかった。常識家で几帳面《きちようめん》な夫と穏やかな性質の妻だったから、平凡ではあっても破綻《はたん》を生ずるような夫婦仲ではなかったのだ。高志という男の子が生まれた時など青山の人生もこれで定まったと、大場は羨《うらや》むような同情するような気分を味わったものである。

その青山清一郎が、まるで妻子の存在など念頭に置いていないといった態度で、愛する女と結婚するのが自分の権利であり義務だと、甚《はなは》だ過激な台詞《せりふ》を吐くのだ。この突然の変異を、大場が驚くのは無理もなかった。

大場が青山に会ったのは、何も二十年ぶりや三十年ぶりではないのだ。僅《わず》か半年間、互いの生活に触れていなかっただけである。この間に、青山と美津江の夫婦仲にどのような軋轢《あつれき》が生じ、それがどう進展したか大場は知らない。

しかし、いろいろな状況を設定して想像をめぐらしてみても、青山が美津江のほかに愛人を作り、その女と結婚するのが義務だなどと言い張る結果には到達し得ないのである。半年間に、生活の上で変化はあっても、一人の人間が変わってしまうようなことはあり得ない。

もし悪ふざけをしているのではないとしたら、青山清一郎という人格のどこかに異常なものが兆《きざ》している——と、大場は思った。青山が真剣な顔つきであるだけに、一層彼の異常感が強まるのだ。

半年ぶりで東京へ帰って来て、会いたいと思っていた相手と顔を合わせたとたんに、このような奇妙な話を聞かされたのである。あるいは自分の方が狂っているのではないか——と、大場は瞬間的にそんな不安に捉《と》らわれたくらいだった。

その夜、大場は青山清一郎の異常を決定的な状態で確認しなければならなかったのである。

2

この日の夕方六時に、大場と青山は銀座の不二屋で久保田冬子と落ち合った。大場と冬子を、青山が改めて紹介した。大場も冬子もくすぐったそうな笑顔を見合わせて、それだけで互いの挨拶をすませた。

十二月も二十日に近い銀座は、半ば華やかに半ば慌ただしく混雑していた。不二屋の一階も、空席は全く見当たらなかった。客たちは屈託《くったく》のない顔を寄せ合い、それぞれの手荷物は殆《ほとん》どが年末大売出しか、クリスマス・セールの包装紙にくるまれた買物包みのようである。

久しぶりの銀座の夜であるだけに、大場にとっては違和感さえ覚えるほどの活気づいた雰囲気だった。

「どうも地方ボケしてしまいましてね、東京の人と車の洪水が恐ろしいくらいなんですが……」

青山が手洗いに立った隙《すき》に、大場は今夜初めて久保田冬子に話しかけた。

「わたくしも、茨城県の日立に長く住みついてしまったものですから、東京育ちだなんて嘘みたいに都会感覚がずれてしまったんですの……」

冬子は、鼻に小皺《こじわ》を寄せて悪戯《いたずら》っ子みたいな笑顔を見せた。

「お育ちは東京なんですか？」

青山はまるで、この姪《めい》が日立で生まれて育ったような言い方をしていたが、と大場は思い出しながら言った。

「ええ。父が裁判所関係の職についていたものですから、わたくしが十六の時まで東京におりまして、それから転勤のために日立へ移ったんです」

「お母さんは、亡くなられたそうですね？」

「は……？」

と、冬子は笑いを嚙《か》み殺すような表情をした。そんな少女めいた冬子の口許を、大場は魅力的だなと、思った。

「母はまだ生きてますわ」

冬子は笑ってしまってから言った。

「え？」

今度は大場の方が驚いた。

「しかし、青山君は確かに亡くなった姉の一人娘だって、あなたのことを……」

「姉？」

「つまり、あなたは自分の姪《めい》だって、青山君は……」

「嫌だわ。姪だなんて……。お義兄さん、どうしてそんなでたらめを大場さんに言ったのかしら？」

「おにいさん？　青山君が？……」

「だって、わたくしの姉と結婚したんだから義兄……つまり、お義兄さんでしょう？」

「あなたは、美津江さんの妹さんなんですか？」

「そうなんです。お義兄さんも変な嘘をつくのね。どうりでさっき大場さんにわたくしを紹介するとき、ただ冬子ですって言っただけなので、不思議だなと思ったわけですわ。普通なら、家内の妹の冬子ですって紹介するはずでしょう？」

冬子は笑うに笑えないといった中途半端な面持ちだった。

そう思って見なおすと、冬子と美津江には共通の面影がある。額の恰好や鼻の形は、そっくりだった。そう言えば、美津江が確か茨城県の実家へ帰ったというようなことを青山の口から聞いたことがあった。――と大場は思い出した。

「でも、青山君と美津江さんの結婚式の時、あなたは見えていませんでしたね？」

「ええ。あの時、わたくし盲腸炎で入院していて、とうとう結婚式には間に合わなかったんですわ」

「それで、今度初めてお姉さんの家庭を訪問されたわけですか？」

「短大も卒業しましたし、来年あたりから東京でお勤めしようかと思って、その相談もあったものですから……」

「では、あなたが来年、中学校の先生と結婚される予定だというのも……」

「お義兄さん、そんな嘘までついているんでしょうか？」

「そう聞きましたけど……」

「わたくし、まだ結婚なんて考えてみたこともありませんわ。第一、中学校の先生が相手だなんて……どこからそんなでたらめが生まれて来るんでしょう。お義兄さん、どうかしちゃったのかしら……」

「あなたは、これから青山君と一緒にどこへ行くのか承知されているんですか?」

「ええ。銀ブラしてから、是非会わせたい人がいるので、その人の家へ連れて行くって言ってましたけど……?」

「あなたは、昨夜、青山君のところへ泊まったんでしょう?」

「朝日建設の上目黒社員アパートっていうんですか。そこへ泊まりましたわ」

「そこで、あなたは妙なことにお気づきになりませんでしたか?」

「妙なこと?」

「青山君と美津江さんの夫婦仲に関してですよ」

「さあ……別に……」

「例えば、青山君が美津江さんに冷淡だとか。美津江さんが何となく不満そうだったとか……」

「いいえ、姉たちはとても仲がよさそうでしたけど。現に今日の昼間、わたくしと二人きりになった時、女として妻として、今がいちばん幸福なのかも知れないわって、姉は言ってましたわ」

「幸福……」

「ねえ、大場さん。お義兄さんのことで、何かあったんでしょうか？」

「変なんです。実に変なんです。しかし、それを確かめるには、今夜これから青山君の言う通りに行動することが必要です」

ここまで言って、大場はテーブルの上へ乗り出していた上体をもとへ戻した。広い通路を俯《うつむ》きかげんになって、洗面所から帰ってくる青山清一郎の姿が見えたのである。

「さあ、そろそろ出かけようか？」

席に近づくと、青山は極《ご》く自然な表情で言った。

大場と冬子は、思わず青山の顔を見すえてしまった。どう見てもこれが無意味な嘘をつき非常識な行動をとる男とは思えないのである。

神経質で几帳面《きちょうめん》な男が、何か重大な仕事に臨む時の真面目な顔つきとしか見えなかった。

《錯覚しているのは、こっちではないのだろうか……？》

と、大場は冬子へ視線を走らせた。冬子も大場を見返して、微《かす》かに小首をかしげた。

青山と大場、それに冬子は日劇の前からタクシーに乗った。大場は、青山が行先をどこに指定するか息を詰めるようにして待っていた。

「上目黒五丁目。祐天寺のちょっと先へ頼みます」

と、青山は運転手に告げた。彼を間にはさんでシートに座を占めていた大場と冬子は、再び顔を見合わせた。上目黒五丁目、東横線の祐天寺駅から少し先——と言えば、朝日建設社員アパートの所在地と殆《ほとん》ど変わらないのである。

大場の思惑《おもわく》は、ますます混乱して来た。

この長い付き合いを保ってきた友人の、突然の変化をどう分析したらいいのだろうか。妻の妹を姪《めい》だと言い、東京に就職したい相談があって上京してきた冬子のことを、来年中学校の教師と結婚するので羽をのばしに東京へ来たのだ、とわざわざ歪曲《わいきょく》して説明した。

なぜ、このように何の意味もない嘘をつくのか。しかも、すぐ分かってしまう嘘なのである。今までの青山にこうした妄想的な嘘をつく習癖など、全くなかったということを大場が誰よりもよく知っている。

そして今は、妻子の住む社員アパートから幾らも離れていないらしい愛人の家へ、友人と妻の実妹を連れて行こうとしているのだ。大場は、目的地に着くまでに、何とかしてこのことを冬子に伝えたかったのだが、動きもとれない車の中ではそれも不可能だった。

タクシーが中目黒から駒沢へ抜ける道路へ入った頃青山が大場の耳に口を寄せて来た。

「理恵子さんの家は、社員アパートのすぐ近くにあるんだ。ぼくはアパートの近所をよく散歩する。理恵子さんと知り合えたのも、散歩のお蔭なんだよ」

それだけ言って青山は、大場に質問する余地を与えずに行先の道順を細かく運転手に指示し始めた。

車は祐天寺前を通りすぎて間もなく右へ折れると、目黒高校が角になる道路を東横線の祐天寺駅へ向かった。このあたりから上目黒であった。東横線の踏切りを渡ると、周囲の闇がにわかに厚くなる。住宅地へ入ったのだ。高い塀に囲まれた宏壮な邸宅が右に左に見え始める。

「そこで……」

と、運転手に青山が声をかけたのは、幅の広い鉄柵の扉をつけた洋風の門の前であった。タクシーは急停車した。青山が料金を払い、三人は車を降りた。この一帯の静寂がそう感じさせるのか、夜気が刺すように冷えていた。大場と冬子はオーバーの肩をつぼめたが青山は平然と胸を張って鉄柵の門に近づいていった。

彼は馴れた手つきで、門柱の脇にある通用門の扉を押しあけた。自分の家へでも帰って来たような足どりで、青山は十五メートルほど先に見えている玄関に向かって歩いて行った。

大場と冬子もそれに従っていくより仕方がなかった。大場は通用門をくぐる時、門柱の表札を一瞥《いちべつ》した。表札には『原』とあった。

『原理恵子』という名前の女に会いに行くと言った青山の言葉だけは、嘘ではなかったわけである。

原家の邸宅はかなり豪壮であった。純洋式の二階家で、夜の空に浮き上がった屋根の輪郭《りんかく》から推して、金のかかった建築であるということは大場の専門的な目ですぐ判断出来た。相当の資産家の邸宅であることは確かだった。ガレージも三台分の大きさであった。

青山は逡巡《しゅんじゅん》するふうもなく、玄関のブザーのベルを押した。間もなく、ドアのステンド・グラスに人影が映った。

「どちらさまでございましょうか？」

ドアがあいて、女中らしい女の顔が覗《のぞ》いた。

「お嬢さんに……理恵子さんに、青山が来たとお伝え下さい」

青山清一郎は昂然《こうぜん》と言い放った。

大場はその背後で妙な緊張感に身体を固くしていた。事実、逃げだしたくなるような不思議な情景が数分後には展開されたのである。

3

理恵子という女が玄関に姿を現わすまで、二分間ばかり待たされた。女中も奥へ引っ込んだきり、再び出て来ようとはしなかった。ある意味では失礼な応接ぶりとも言えたが、大家の令嬢ともなると、軽がるしく玄関へ飛び出して来たりはしないものかも知れない——と、大場明徳は思った。

やがて、スリッパの音もたてずに若い女が、不審そうに玄関に佇んだ。半ば困惑し、半ば不安そうな女の顔つきだった。

真紅のセーターに、これも朱色のスカートをはいた大柄な女だった。胸のふくらみや張った腰の曲線が、すっかり成熟した女を思わせたが、年はまだ二十三、四といったところだろう。目が吊り上がり気味に大きく、鼻や唇の形に気品と知性が感じられる個性的な美貌であった。

「理恵子さん……」

青山清一郎が女を見て、目を輝かせた。彼の声もうわずっていた。

「はあ……?」

原理恵子は眉をひそめた。右手で豊かな髪の毛をなでつけながら、いかにも戸惑《とまど》ったという面持ちである。少なくとも恋人を迎えた女の態度ではなかった。

「お約束通り、姪と友達を連れて、お邪魔に上がりました」

と、青山は得意そうに、背後の大場と冬子を振り返った。

「あのう……」

女は、のび上がるようにして、大場と冬子に視線を向けて来た。照れ臭い気持ちで、大場は女に目礼を送った。

「わたくし、確かに原理恵子ですけど……あなた方は、一体どちらの方たちなんでしょうか?」

原理恵子が言った。

大場と冬子は顔を見合わせた。予感通り、奇妙な現象が眼前に起こったのである。理恵子は青山の恋人どころか、青山が何者であるかも知っていないのだ。しかも青山は、ここで冬子のことをはっきり姪だと言っている。約束通り、姪と友達を連れて来た——理恵子との間に、勿論、そんな約束も交わされてなかったのだろう。

「理恵子さん、そんな冗談はひどいと思いますよ」

青山だけが平然としている。屈託《くったく》のない笑顔さえ見せているのだ。

「冗談ですって?」

理恵子は表情を硬《こわ》ばらせた。どうやら腹を立てたらしい。青山の押しつけがましい態度に、堪《た》まりかねたのだろう。

「だって、このぼくをつかまえて、どちらの方ですなんて……冗談としか考えられませんよ。それとも、理恵子さんは本気でそんなことを……?」

「本気ですわ」

「え?」

「わたくし、あなたと一度もお会いしたことはありませんし、何も知っていないんですから」

「理恵子さん」

「心安く名前を呼んで頂きたくありません。見も知らないあなたに……」

「あなたは、どうかしている」

「どうかしているのは、そちらでしょう。いきなり家へ入り込んで来て、わたくしを友達扱いなさるなんて……」

「友達だなんて、水臭いことを言わないで下さい。ぼくとあなたが愛し合っている仲だということは、ここにいる姪や友人も承知しているんです」

「まあ……何んていうことを、愛し合っているですって！」

「どうして急に、あなたはそうとぼけるんです？」

「いい加減にして下さい！　家族の者を呼びますから……」

「どうぞ、お呼びになって下さい。お父さんがいいですね。お父さんは、ぼくとあなたとの仲を認めて下さっているんだから……」

「では、父を呼びますわ」

理恵子は憤然となった。恋人同士という関係を強制されることを、若い女は最も嫌うものである。みずからのプライドを傷つけられるような気がするのだろう。理恵子は険《けわ》しい目つきになっていた。

「あのう……よく事情は分かっていませんけど、とにかくこの人を連れて帰りますから、そう大騒ぎをなさらないで……」

と、蒼白《そうはく》になった顔を冬子が理恵子に向けながら、青山の左腕に手をかけた。しかし、理恵子は冬子の言葉など無視したように廊下の奥へ向かって、甲高《かんだか》い声で叫んだ。

「誰か、パパをお呼びして下さらない！　すぐ玄関まで来て下さいって！」

理恵子の声は、吸い込まれるように、廊下の奥へ消えた。

理恵子は青山の顔を、これでもか、というふうに見据《みす》えた。青山はさすがに、真剣な表情をしていた。しばらく、白々しく緊迫した沈黙の時が続いた。

間もなく、荒々しい足音が聞こえて五十年輩の長身の男が顔を出した。

「どうしたんだね？」

男は、理恵子と青山を交互に見やりながら言った。男は和服姿だった。急いで羽織《はおり》をひっかけてきたらしく、襟《えり》がよじれていた。七分通り銀髪で、貴公子然と整った顔立ちには、人の上に立つ者の威厳が感じられた。口調は穏やかである。

「パパ、この方が……」

と、理恵子が甘えるように男に寄り添った。

「この方が、どうした？」

男は、改めて青山の方に向きなおった。

「お父さん、今夜の理恵子さんは少し変なんですよ。本気で、ぼくのことを知らないなんて言うんです」

青山は訴えるように男の顔を見上げた。

「お父さん……？」

男は驚いたふうにのけぞった。

「失礼ですが、あなたはどなたなんです？」

男もやはり、青山とは初対面だったらしく、理恵子と同じ質問をした。

「お父さんまで、そんな……」

青山は、もどかしげに言った。

「お父さんと、あなたから呼ばれる覚えはありませんが……」

男は呆気《あっけ》にとられていた。

「どうして、そんな芝居をするんです？　ぼくと理恵子さんは来年の春に結婚するんですよ。お父さんも、認めて下さったじゃないですか！」

青山は、足ぶみをするように身を揉《も》んだ。

「理恵子、それ本当かい？」

父親は娘に訊《き》いた。

「とんでもない、わたくし、この方は見も知らない人なんです」

理恵子は激しく首を振った。

「失礼ですが、あなたは酒を飲んでいらっしゃいますか？」

男は娘の顔から青山へと目を移した。

「酒は飲んでいません。ぼくは正気です。だから、もう人をからかうのは、やめて下さいよ」

青山も腹を立てているようだった。

「すると……あなたは何か、大変なカン違いをされているんじゃないですか？」

すっかり緊張しきった表情だったが、男の声は平静である。

「カン違いとは、どういうことです？」

「例えば、相手を間違えているとか……」

「馬鹿な……。自分の恋人を間違える人間がいますか」

「しかし、娘はあなたを見たこともない人だと言ってます」

「理恵子さんは、ぼくをからかっているんですよ」

「あなたは、わたしのことを、お父さんと呼ばれましたね？」

「ええ」

「すると、わたしの職業も名前も知っておられるわけですな」

「勿論です」

「では、おっしゃって下さい」

「会社重役が職業で、名前は大友専一……」

青山は、口ごもることもなくそう答えた。相手は気味が悪いといったふうに一歩あとずさると、娘と顔を見合わせた。理恵子も唖然《あぜん》としていた。

息を詰めたのは、この二人だけではなかった。青山の背後で、大場も冬子も四肢《しし》を硬直させていた。

会社重役という職業の真偽はともかく、大友専一といった名前は、青山が口から出まかせに述べたものだと、大場にさえ分かったのだった。

男は理恵子の父親なのである。理恵子の姓は原なのだ。門の表札にも『原』と出ていた。従って男の姓も当然『原』でなければならない。それを青山は、大友専一などと答えたのである。青山の異常さは、すでに決定的だった。

「違いますよ」

男は苦笑しながらいった。

「わたしは、資源開拓公団の総裁をやっております原吉三郎です」

よりによってこんな大物のところへ騒ぎを持ち込んで——と、大場は胸のうちで舌うちをしたい気持ちだった。資源開拓公団総裁、原吉三郎では、確かに相手が大物すぎた。政治的野心は持ってないが、経済界ではキレモノとして有名な男である。資源開拓公団総裁では、身分的にも専務次官、国務大臣クラスだった。

資源開拓公団は、未開発の天然資源を対象に建設事業を進めている。硫黄分が多くて生物の棲息《せいそく》しない湖の水を浄化したり、採算抜きにしたダム建設工事、天然ガスのパイプ敷設、油田開発、山を崩し湖を埋め、その事業の範囲は広い。国土省の管轄下にあるのだから、勢い資源開拓公団と建設業界とは、密接な関係にある。

その公団の総裁の令嬢を、自分の恋人だと言い張って、直接総裁邸まで乗り込んで来たのだから、大場がヤキモキするのは当たり前だった。

あるいは青山のこの奇行が、朝日建設にとって悪い意味で影響して来るかも知れない。そうなったとすれば、青山はそれ相当の処罰を受ける結果となる。大場は、親友の明日の成り行きを案じていた。

「嘘だ！」

青山が突然、怒鳴った。気を揉んでいる大場たちの存在など、青山の念頭には置かれてないらしい。

「あなたは大友専一さんです。お嬢さんとの結婚を許して下さったじゃありませんか。それを今になって……」

「迷惑ですな」

と、さすがに原吉三郎も顔をしかめた。

「あなたは精神異常者じゃないんですか？」

「ぼくは気違いではありません。狂人扱いにして、ごま化そうという魂胆《こんたん》なんです。あなたたちは……！」

「ごま化すとは何です？　見たことも会ったこともないあなたが、突然入って来て娘とは恋仲だと言う……これが、常識的な行為だと判断出来ますか？　言いがかりをつけるつもりなら、警察を呼びますよ」

「警察を呼ぶのも結構です。ぼくは何も悪いことはしていない。恋人の家を訪れたからって、警察はぼくを逮捕するでしょうか？」

「失礼ですが、あなた方は、この人のお知り合いなんですか？」

と、原吉三郎は大場たちに声をかけて来た。すっかりもて余したという顔つきだった。彼は恐らく、青山を狂人と見てとったのだろう。相手が気違いでは、本気になって怒るわけにもいかず、そうかと言って、このまま話を聞いていることも出来ず、全く処置に窮《きゅう》したという恰好だった。

「はあっ。そうなんですが……」

大場が一歩前へ進み出た。彼としても、全く追い詰められた気持ちだった。

「この人は何なんです？」

原吉三郎は、大場をも非難しているような口ぶりだった。

「われわれにも、実はよく分からないんですよ」

大場も、そう答えるほかはなかった。

「言ってることは、確かなんですか？」

「さあ……。われわれはただある人に紹介したいからと連れて来られたんですが、どうも言っていることが変のようです。とにかく、連れて帰りますから……」

「是非そうして下さい」

「大変お騒がせして申し訳ありませんでした。事情が分かり次第、改めてご挨拶に参上しますから」

何はともあれ、このままでおいたら相手が相手だけに、ますますことが面倒になる。一刻も早く、ここを出た方が賢明だった。

「さあ、帰るんだ」

大場は青山の腕をとった。だが、意外に強い力で、それは振りはらわれた。

「よしてくれ、余計な世話を焼くのは！」

今日まで一度も見たことのない青山の憎悪の表情を、大場は正面《まとも》に見せつけられた。青山の双眸《そうぼう》は、狂暴にさえ思えるほど熱っぽく光っていた。

「大場、君までが、このぼくを気違い扱いにするんだな！」

「違うよ。君はどうも今夜は疲れているらしいんだ。だから、改めてここへお伺いしようと言ってるんじゃないか」

「厭《いや》だ。愛する人の家へ来るのに、今日も明日もあるもんか！」

「しっかりするんだ。さあ、行こう」

こうなれば、力ずくでも青山を外へ引っ張り出すより仕方がなかった。大場は青山の肩へ手を回すと、送り出すように玄関の外へ押しやった。青山は前のめりに、ドアの外へ飛び出して行った。

「後日、改めて……」

原吉三郎と理恵子の方を一瞥《いちべつ》して、大場は手早く玄関のドアを閉じた。冬子が縋《すが》りつくようにして、青山を門の方へ引っ張って行こうとしている。青山はそれに逆らって、罵声《ばせい》を張り上げている。

「おい、青山、一体どうしたんだ?」

「そうよ。お義兄さん、わたし今夜みたいに恥ずかしい思いをしたのは、本当に生まれて初めてだわ」

大場と冬子が、口を揃えて青山を責めた。

「違う。君たちは誤解しているんだ。ぼくは本気なんだよ」

哀願するように、青山は胸のところで両手を組み合わせた。

「まだ、そんなことを言っているのか」

大場は青山を引きずるようにして、原邸の門の外へ出た。幸い、夜の住宅街に人通りは絶えていたが、これが昼間だったら人だかりがしたに違いない。

「現に、原吉三郎氏もお嬢さんも、君のことを見も知らない人だと言っていたじゃないか!」

大場は青山の背中を一つ、どやしつけた。

「あれは、あの二人がとぼけていたんだよ」

と、青山は、憑《つ》かれたような眼差《まなざ》しで、大場を、見返した。

「なぜ、とぼける必要があったんだ?」

「分からない」

「とにかく、君は普段の君じゃない。医者に診《み》てもらった方がいいと思う」

「冗談言うな。ぼくは正常だ」

「精神異常者は、決して自分がそうだということを認めないそうだぞ」

「君は、ぼくを本当に気違いにするつもりなのか?」

「じゃあ訊《き》くがね。君はなぜ、ぼくに嘘をついた?」

「嘘?」

「そうだ」

「ぼくが君に、どんな嘘をついたというんだ?」

「例えば、冬子さんが君の姪だなんて……」

「冬子はぼくの姪だからさ。ぼくの姉の子供だ。それで、姪じゃないか」

「冬子さんは、君の奥さんの妹さんじゃないか」

「え?」

「本人を前に置いて、違うとでも言うつもりか?」

「そうか……。冬子は美津江の妹だったっけ……」

「ひどいわ。お義兄さん」

冬子が、今にも泣き出しそうな目になって、そう言った。

「みろ、君は奥さんの妹か、それとも姪か、そんなことの区別さえつかなくなっているんじゃないか」

大場は、すかさず突っ込んだ。

「それに、君は原吉三郎氏の名前さえ知らなかった」

「あの男は大友専一というんだ。ごま化しているんだよ」

「馬鹿言うな。資源開拓公団総裁ともなれば公人だ。そんなごま化しが通用するはずはない」

「畜生……!」

突如として、青山は涙声になった。同時に彼は両手で顔を被《おお》うと、崩れるように、地面に坐り込んでしまった。

「いいよ……君までが、ぼくを信じてくれないんだ……みんなで、寄ってたかって、ぼくを苦しめる……勝手にしろ、ぼくはどうせ一人ぼっちさ……」

跡切れがちな声で、言葉をこぼしながら、青山は路上で身を揉《も》んだ。

大場と冬子は、呆然《ぼうぜん》と波打つ青山の背中を見下していた。すでに、口にすべき言葉はなかった。二人の胸裡《きょうり》には、ある判断が凝縮していたのである。

《完全に狂っている……!》

4

翌朝、大場明徳は麻布十番にある朝日建設麻布独身寮で、七時前に目を覚ました。こんなに早く目を覚ましたのは、やはり昨夜の異変で神経が鋭敏《えいびん》になっていたせいだろう。青山のことを夢に見てばかりいて、熟睡出来なかったのである。

目をあけても、彼はベッドをおりようとはしなかった。起きても仕方がないのだ。出社時刻まで、あと二時間以上ある。カーテンの隙間《すきま》から射し込む朝の陽光に、寝不足の目が痛かった。

この独身寮には、十五人ほどの男子社員が入居しているのだが、まだ起き出す者もいないらしく、寮全体が静まりかえっていた。

大場は本棚へ手をのばして、百科事典の『ヒ』の部を抜き取った。被害妄想狂《ひがいもうそうきょう》の項について調べたかったのだ。しかし、百科事典には『被害妄想狂』の項は見当たらなかった。

大場は諦《あきら》めて、頭の下に両手をあてがうと天井を凝視した。昨夜は上目黒の社員アパートの前まで青山と冬子を送って、そのまま帰って来てしまったのだが、あれから何か一悶着《ひともんちゃく》起こっていないか心配だった。

青山は確かに、精神に異常を来している。被害妄想狂というものではないか、と大場の素人考えで思い当たったのだが、別の精神病かも知れない。いずれにしても今日、大場は青山を精神科の病院へ連れて行くつもりであった。

あの青山が精神異常者——とは、付き合いが長いだけに大場には信じきれないことだった。

半年会わなかったその間に、青山にひどい衝撃を与えるような出来事でもあったのだろうか。そうとしか考えられない、友人の豹変ぶりであった。

「大場さん、お目覚めですか?」

ドアがノックされて、女の声がそう言った。寮を管理しているおばさんの声だった。

「はい!」

反射的に、大場はベッドから半身を起こした。

「お電話ですよ。冬子さんという女の方からね」

と、おばさんは冷やかし半分に軽く言った。だが、大場は気楽に答えることは出来なかった。

冬子から、ただ何となくかけてみたというような電話がかかって来るはずはない。青山のこともあるし、朝七時前の電話というのは普通ではなかった。

《やはり、何かあったのだ》

大場はパジャマの上からトックリのセーターを着込んで、六畳の自室を出た。

廊下は寒々としていて、朝の空気は冷たかった。大場は鳥肌立つような悪寒《おかん》を感じた。電話へ出るのが恐ろしくもあり、また電話が待っている寮務室までひどく距離があるような気がした。

「どうぞ」

もうエプロン姿でいるおばさんが、大場の顔を見ると、笑った目で、はずしてある受話器を示した。

大場は受話器を手にした。受話器の耳に当てた部分が冷たかった。

「もしもし……」

大場は低い声を送り込んだ。

「大場さん?」

間違いなく冬子である。その遠い声が、大場には不思議に思えた。

「大場です」

「朝早くから申し訳ないんですけど、こちらへいらして頂けないでしょうか?」

冬子の語調は、かなり緊張している。

「何かあったんですか?」

「お義兄さんが、昨夜から帰って来ないんです」

「昨夜からって……青山は昨夜、あれからまた外へ出て行ったんですか?」

「ええ」

「なぜ、とめなかったんです」

「とめました。わたくしと姉が二人がかりで……。でも、言うことを聞かないんです。力ではお義兄さんに勝てませんから」

「何時頃、出て行ったんです?」

「十一時すぎでした」

「あなたたちは、青山が帰って来るのを今朝まで待っていたんですか?」

「はあ」

「どうして、すぐぼくに連絡しなかったんです?」

「そうも思ったんですけど……お帰りになったばかりのあなたを、またすぐ呼び返すなんて……申し訳ないと思ったし、それに、お義兄さんもすぐ戻って来るかも知れないと考えたものですから……」

「電話でこんなことを言っていても仕方がないから、とにかくすぐそちらへ行きます」

「恐れ入りますけど、どうぞお願い致します……」

大場は電話を切ると、走るようにして自分の部屋へ戻った。着替えをしながら、彼は美津江と冬子の悠長《ゆうちょう》さに腹を立てていた。昨夜十一時すぎに家を出て行った青山の帰りを、今朝までのんびり待っていた女たちの愚鈍《ぐどん》さが、安眠出来なかっただけに、大場に焦燥感《しょうそうかん》を強いるのである。

大場は麻布一の橋へ出て、そこでタクシーを拾った。朝早くだし、麻布一の橋から上目黒まで三十分とはかからなかった。上目黒の社員アパートの勝手は知っていた。このアパートのどの部屋も、一度は訪問しているのである。

青山の部屋は三階にあった。各部屋とも、洋間の八畳、和室の六畳、四畳半、それにダイニング・キッチン、バス、トイレという全く同じ構造になっていて、廊下に並んでいるドアも一定間隔を置いてあるから、馴れない者がこのアパートへ来ると、しばしば部屋を間違えるのである。

青山の部屋のドアには『6号』という標示が出ている。大場はいつもの習慣で、その『6』という数字のところをノックした。

そのノックを待っていたようにドアがあいて、冬子の寝不足の顔が覗《のぞ》いた。

「お早う」

相手の気持ちを落ち着かせるつもりもあって、大場は微笑した。

「すみません。とにかく、お入りになって……」

冬子は笑えないらしく、口許をヒクヒクと痙攣《けいれん》させただけでそう言った。

部屋の中へ入ると、スチームの温かさが、冷えている顔をつつんだ。八畳の洋間が入口の上《あ》がり框《かまち》に続いていて、そこのアーム・チェアに青白い顔の美津江が坐り込んでいた。高志は奥の和室で眠っているらしく、声も聞こえなかった。

「大場さん……」

美津江が立ち上がって、縋《すが》るような目を向けて来た。

「どうしたらいいんでしょうか……？」

「義兄の言動が変だということ、姉には細かく説明してあります」

冬子が傍《かたわ》らから、そう付け加えた。

「それなら話はしやすいんですが……」

大場はオーバーも脱がずに、そのままソファに腰を沈めた。

「青山は確かに異常ですよ。ぼくは今日、彼を病院の神経科へ連れて行こうと思っていたんですよ。奥さん、神経科で異常が認められたら精神科専門の病院へも、引っ張って行くつもりだったんです」

「あの人、なぜ、そんなことになってしまったんでしょうか……？」

美津江は一夜のうちに、すっかり憔悴《しょうすい》してしまっていた。もっとも、夫が気違いになったのかも知れないという不安は、妻をそのくらい苦悩させるものなのだろう。

「何が原因で、そうなったものかは、われわれには分かりません。しかし、青山が精神に異常を来したということは厳然たる事実なんですから、そうなる理由というものは必ずあるはずです。この半年間のうちに、青山が何によって強烈な衝撃を受けたのか……その辺に、重大なポイントがあるような気がします」

「でも、あの人がわたしや高志を捨てて、ほかの女の人と結婚するつもりだったなんて……精神異常にしても、何が作用してそんなことを妄想《もうそう》したのか、ちょっと分析のしようがないんです」

「昨夜は、どうしてここを出て行こうとしたんです？　どこへ行くとか、どんな用があるとか、何か言ったんでしょう。青山は……」

と、大場はソファを立って、窓際に据《す》えてある青山のデスクに近づいた。

「訳の分からないことを言ってました。ぼくには、住む家がない、ぼくはどこへ行ったらいいんだろう、理恵子は薄情で嘘つきだ。今度会ったら殺してやる、行くところは天国きりないんだ、死んでしまいたい……こんなことを、とりとめもなく口走って、これから星と駆けっこして来るんだと言って、わたしたちのとめるのを振りきって出て行ってしまったんですよ」

「それで、心当たりへは一応、連絡をとったんですね？」

「ええ、勿論……。でも、どこへも姿を見せていないんです」

「警察へは？」

「まだです」

「警察にも連絡した方がいいですね。精神異常者が殺してやるとか、死にたいとか口走ったのだとしたら、それはある意味での危険信号です」

この大場の言葉は当を得ていた。というよりも的確な予言であった。彼の言ったことが、そっくり事実と符合してしまったのである。

「そうですね」

と、美津江が頷《うなず》いた時、ドアの外でひどく慌《あわ》てている声がした。

「青山さんの奥さん！」

「管理人さんだわ」

美津江が言った。

「はい！」

と、冬子が飛びつくようにしてドアをあけた。

「あ、奥さん、大変ですよ」

と、すっかり頭の毛がなくなっている管理人は、年に似合わずとり乱した恰好だった。大場も美津江も、それに冬子も、一瞬息をのんだ。最悪の事態を、突嗟《とっさ》に覚悟したのである。管理人のうしろに、制服警官と刑事らしい私服の男が立っていたからだった。

「青山清一郎さんの奥さんですね?」

制服警官が管理人と入れ替わって、美津江の前に立った。

「はい……」

美津江の肩が小刻みに震えているのが、うしろから見ている大場の目にもはっきりと分かった。

「一応、これだけお伝えしておきますが、これからすぐに署の方へ来て頂くことになりますから……」

制服警官はそう言って、手帳を開いた。

「あのう、主人は……?」

美津江がかすれた声で訊いた。

「自殺されました」

無表情のまま、制服警官は答えた。

「自殺……!」

「上目黒五丁目の資源開拓公団総裁原吉三郎氏の自宅庭先でです」

「え……」

「青山さんは、人を一人殺しております。それから自殺を計ったわけです」

「お義兄さんが……誰を殺したんです？」

冬子が、口をきけなくなった美津江に代わって訊いた。

「資源開拓公団の総裁秘書室に勤務している二十三歳の市橋若葉という女性を、絞殺したんです」

「どこで、その人を……？」

「市橋若葉は昨夜九時すぎ、公務のために総裁邸へ出向き、十一時半頃に用を了えて総裁邸の玄関を出ております。犯行はその直後と思われます」

「すると、青山がそれを待ち受けていて殺した……」

「そう断定されました。門のところで市橋若葉に襲いかかり、ネクタイで首を締めながら植込みの奥へ引きずり込んで、そこで完全に絞殺しております。その後間もなく、犯人は自殺しているんです。何を飲んだか現在のところ結果が出ておりませんが、毒物を使って自殺したのは事実です」

若い警官は、丁寧《ていねい》な言葉で説明を了えた。

「いろいろと確認してもらわなければならないんでね、奥さんにご同行願いたいんですが……」

と、横合いから刑事がいった。しかし、美津江は土気色《つちけいろ》の顔で、その場を動こうとはしなかった。

この時の大場は、デスクの上にある青山の雑記帳代りのノートに視点を置いていた。ノートの最後のページにこう書いてあったのだ。

『天を突く石像！　まさに恐怖……』

第二章　狂　人

1

青山清一郎の推定死亡時は、昨夜の十二時前後ということだった。毒物は青酸化合物というだけで、まだ正確な結果は出ていなかった。

青山の死体は、資源開拓公団総裁原吉三郎の私邸内で発見された。門から入って左側に厚みのある生垣《いけがき》が十メートルも続いているが、無花果《いちじく》の木が枝を広げているあたりに、一個所、生垣の切れ目が作ってある。木戸をつけると野暮《やぼ》ったく見えるので、ただの隙間《すきま》にしてあったのだと、原邸出入りの植木屋は言う。

この隙間を通り抜けると、三百坪あまりの庭園が目の前に開ける。枯れた芝生が、小麦色の絨毯《じゅうたん》のように築山をおおっている。遠くに池があるらしく、微かに鯉がはねたような水音が聞こえる。

生垣に近い部分には、植込みが多い。西洋杉、椿、栗の木などが目立っている。青山の死体は、この栗の若木の根本にあった。頭だけを木の幹にもたせかけていた。自堕落《じだらく》に寝転んだという恰好だった。服装も乱れていない。ただ嘔吐物《おうと》が衿元《えりもと》から胸の辺をよごしていた。

この青山の死体から三メートルほど離れた西洋杉の枝の下に、若い女が仰向けに倒れていたのである。これが資源開拓公団の総裁秘書室に勤務している市橋若葉という女であった。

市橋若葉は頸部を強圧されて、窒息死を遂げていた。その青白い首には、青山がしめていた黒地に朱色の斜め縞というネクタイが、皮膚に喰い込むように巻きついていて、更に固くコマ結びに結んであった。

市橋若葉はその名前にふさわしく、いかにも若々しい新鮮な感じのする娘である。目をあいていたら、可憐という顔つきなのであろう。二十三歳には、ちょっと見えなかった。ベージュ色のオーバー姿だったが、ボタンがちぎれていてオーバーは前開きになっていた。スカートの乱れは見られなかったが、真紅のスエーターがずり上がっていて、胸の部分の下着がむき出しである。

暴行された形跡はなかった。しかし、口紅がこすりつけたように、唇からはみ出ていた。強引に唇を奪われたというふうに見える。そして、それが事実であったことが明らかになった。

青山の死体の唇に、口紅が付着していたのである。その口紅は、市橋若葉のものと同色同質であった。なお、面白いことに、市橋若葉の死体を囲んで地面に線が描かれており、それは青山自身の死体のところまで続いていた。

つまり、青山と市橋若葉の死体は、地面に描かれた一つの円の中におさまっていたのである。この円を、青山が描いたという推定は、まず確かだろう。何を意味するかはわからないが、多分、死んでも同じ円の中にいるというつもりではないか。

つまり、青山は市橋若葉と情死したことを強調しているのである。抵抗する女に接吻を強いて、そのあげくに女を殺し自分も死んだ——一種の無理心中という形である。

「お義兄さんが、なぜ、そんな人と無理心中する気になったんでしょう。ちょっと考えられませんわ」

冬子が熱っぽい目で言う。

昨夜一睡もしていないためか、冬子の潤《うる》んだ黒い瞳は病的に大きく見えた。

「青山君は狂っていた……。狂っている人間は、何をするか、われわれの判断の及ぶところではないでしょう」

昼近い日射しが、レースのカーテンを通してテーブルに鮮明な縞模様を落としている。カップの中のコーヒーの表面が、とろっとしているように見える。大場はそれを、スプーンでゆるやかに掻《か》き回した。

目黒警察署斜め前にある、この小さな喫茶店は、人気《ひとけ》がないみたいに静かであった。客は、大場と冬子の二人だけだし、店の女の子は奥へ引っ込んだまま出て来ない。

「気違いではあっても、お義兄さんはあの女の人と一緒に死のうという意志を持っていたんでしょう。だとすれば、お義兄さんには、あの女の人と無理心中しなければならない理由があったはずです」

冬子は、天井へ目をやった。天井には、形ばかりの飾りつけがしてある。クリスマスが近いせいだろう。

「しかし、青山君と市橋若葉という女とは、何の関係もない間柄だった」

「姉も、市橋若葉なんていう人は聞いたこともないと言ってました」

「ぼくも知りませんね」

「お義兄さんは、原総裁のお嬢さんを自分の恋人だって思い込んだように、市橋若葉っていう人のことも、そんなふうに思ってしまったのでしょうか?」

「いや、それよりもぼくは、青山君が人違いしたんだと考えますね」

「人違い?」

「ええ。つまり、市橋若葉を総裁のお嬢さん……理恵子さんと間違えたのではないか。そう思うんです」

「そんな人違いするかしら？」

「青山君が正常でなかったからですよ。狂った人間が、自分の娘と同じ年頃の女の子を見つけると、抱き上げ頬ずりをしたりするように、青山君は総裁の家の玄関から出て来た若い女を見つけて、それを理恵子さんと間違えた……」

そう説明しながら、大場は自分の考えが妥当であることに確信を抱いた。

青山は昨夜十一時すぎ朝日建設の社員アパートを飛び出すとそのまま原総裁邸へ直行している。深夜に、何の目的があって青山は総裁邸などへ出かけて行ったのか。

数時間前、青山は大場と冬子を伴って総裁邸を訪れたばかりである。そこで青山は、理恵子を恋人扱いにして追い返された。追い返されるのが当然であった。しかし、狂人の判断力は、そのように分別しなかった。あくまで、理恵子と原吉三郎に裏切られたもの、と信じ込んでいたのではなかったか。

いったん、社員アパートへは戻ったものの、青山の気持ちが平静だったとは考えられない。彼は、自分が一人ぼっちだとか、星と駈けっこするなどとか、不可解なことを口走って再び社員アパートを飛び出し、原邸へ出向いて行ったのである。

これは恐らく、発作的な行動であったのだろう。青山は深い意味もなく、また具体的な目的もなく、原邸へ行ったのに違いない。ただし、彼の混乱した思惑のうちには、決して平穏な気持ちはなかったと推測すべきである。あるいは、話をつけると言った思い詰めた状態でいたのかもしれない。

少年などの単純な犯罪に、このような例がよくある。ある人間に復讐してやろうと思い立ち、相手の自宅付近をうろついていて、家の外へ出るのを待って襲いかかった――青山の脳裡《のうり》に、そのような考えがあったとは言えないだろうか。

一方、市橋若葉は、公務のために昨夜九時すぎ原邸を訪問した。総裁に命ぜられた『秩父山脈開拓第二次計画案』のタイプ印刷を了《お》えて、その書類を至急に届けなければならなかったのだ。総裁は翌日、つまり今日から一週間の予定で四国地方へ出張することになっていたのだ。

市橋若葉は、書類を届けたらすぐ帰るつもりであった。しかし、ご苦労さまということで茶菓をすすめられ、親しい間柄であった理恵子と饒舌《じょうぜつ》を交わしているうちに、十一時十分近い時間になってしまった。市橋若葉には不運だったが、この頃、原邸の門の付近にはすでに青山がいたのである。

車を呼ぼうと理恵子が電話をかけに立ったのだが、市橋若葉はすぐにタクシーを拾えるからと言って、さっさと原邸の玄関を出てしまったのだそうだ。

この市橋若葉を、青山は理恵子と見たのではないだろうか――大場はそう考えるのである。

「理恵子さんと市橋若葉は、だいたい同じくらいの背恰好です。それに、市橋若葉はネッカチーフをかぶっていたそうですから、夜では間違えやすいとも言えるでしょう」

大場は、なかば断定的に言いきった。

「でも……」

と、冬子は目を細める。睡眠不足の目に、明るい日射しが痛いのだろう。

「殺そうとするには、相手の顔を目の前にしなければならないはずです。それでも、相手が誰なのか、識別出来なかったのでしょうか?」

「青山君は逆上していたのですよ。狂人が発作的に行動する……血迷っていた、となればわれわれの常識の枠外の問題です。原邸の玄関から出て来た若い女——は、誰でも理恵子さんに見えたのではないのかな。それにネクタイです」

「ネクタイ?」

「市橋若葉の首を締めたネクタイ……」

「それが……?」

「警察の話によると、被害者の背後から襲いかかって、一気にネクタイで首を締めたということでしたね」

「つまり、お義兄さんは相手の顔をよく見てはいない、というわけですね?」

「そうです。青山君は市橋若葉をやり過ごしておいて後ろからネクタイをひっかけ、そのまま庭の中へ引っ張り込むようにして首を締めたのでしょう」

「そのあとは……？」

「絶息間際の市橋若葉を激しく抱きしめて、青山君は強引に……接吻した。市橋若葉の乱れた衣服、それにずれた口紅の件がそれを証明しています。この頃の青山君は、完全に狂っていた。相手が誰であろうと、もうかまわなかったんじゃないでしょうか。若い女を殺し……征服したい欲望だけが、彼の念頭にあった。つまり、そうすることによって理恵子さんを征服し、また復讐をも遂げたと……同じ結果になるんです」

「代償行動……」

「そうです。媒体である市橋若葉は、ただ女であればよかったのです」

「するとお義兄さんは最後まで市橋若葉という女の人を殺してしまったのだとは、気がつかなかったのでしょうか？」

「と思いますね。自殺するまで、殺したのは理恵子さんだと信じていたでしょう。だからこそ、彼は自殺したんでしょうし、自分と市橋若葉の死体を一つの円の中へおさめるような線を描きもしたんです」

「やはり、情死のつもりだったんでしょうか？」

「もちろんですよ」

「馬鹿なお義兄さん……」
と、冬子は呟《つぶや》いた。その言葉には、青山への同情と哀れみと侮蔑《ぶべつ》の余韻《よいん》があった。何という、くだらない死に方——と、冬子は言いたいのに違いない。

大場にしても同じ気持ちだった。長年の友を失った空虚さは、底が深い。悲しみよりも、まず味気なさが先に来る。しかも、狂って見も知らない女を殺し、みずからもまた命を絶った——腹立たしいほど、愚劣な死ではないか。

それが、最も親しかった友人の死だと考えると、涙も湧いて来ない。その代わり、簡単には散りそうにない乾いた憂鬱《ゆううつ》が、頭と胸のうちを占めている。

「青山自身は幸福ですよ。神経のない人間も同然だったのですから。しかし、あとに残された人間が……」

「そうなんです。姉まで発狂してしまわないかって、わたくしも心配なんです」

二人は言い合わせたように、レースのカーテン越しに見えている窓の外へ、視線を投げかけた。

青山の妻は、今朝から寝込んでしまっている。社員アパート中が、今度の事件で蜂の巣をつっ突いたように大騒ぎである。そのせいもあって青山の妻は部屋の外へ一歩も出ようとしない。口もきかないし、泣くわけでもない。天井のあたりを、虚《うつ》ろな目で見上げているだけである。

警察へは、冬子と大場が顔を出した。

「でもねえ、大場さん……」

何かを思い出したように、冬子は形のいい唇を動かした。

「一つだけ、不思議なことがあったんですけど……」

「ええ？」

大場はこんな場合であっても、思わずその冬子の唇に吸い寄せられるように目を向けていた。

「昨夜、寝つけないままに姉とおしゃべりしている時、この話が出たんです」

「姉さんの口から？」

「そうです」

「どんな……？」

「五日ほど前と聞きましたけど……お義兄さんが会社へ出ている留守に、社員アパートへ妙な人が訪ねて来たんですって」

「妙な人？」

「ええ、名刺があるって、姉が見せてくれました。確か、〝南伊豆観光土地商事会社外務課長〟という肩書きだったと、覚えているんですけど……」

「南伊豆観光土地商事……。土地会社ってわけですね？」

「そうなんです」

「ぼくはよく知りませんが、土地会社なら朝日建設の仕事の関係じゃなかったんでしょうか?」

「姉もそう思ったので、会社の方へ行ってみてくださいって言ったんだそうです。そうしたら……」

「そうしたら?」

「いや、特別に用があって来たわけではないんです。すぐそこまで来たので、ちょっとご挨拶に寄っただけですからって、伊豆特産のアジとカマスの干物の詰め合わせを置いて帰ったそうです」

「じゃあ、青山君と個人的な知り合いだったわけでしょう」

「いいえ、それが変なことを口にしたそうなんです。一万坪の極上地をお世話出来そうですから、どうぞよろしくご主人にお伝えくださいって……」

「極上地……いい土地という意味ですね?」

「ええ」

「一万坪の土地を世話出来る……」

「そうなんです。つまり、お義兄さんが、その一万坪の土地を買うっていうわけなんでしょう。

姉は驚いてそんな話は聞いていないって言うと、その男はニヤリと笑って、ご主人はきっと土地をお買いになってから奥さんに打ちあけて驚かせるおつもりだったのでしょう。ご主人から南伊豆のこれから発展しそうな見込みのある土地を探してくれと頼まれておりますし、口約束だけでは熱意も湧かないだろうからって十万円の手付けをいただいてます、と言ったそうです」

「ほう……。具体的な商談が成り立っていたわけですね？」

「姉は狐につままれたみたいな気持ちだったそうです」

「それで、姉さんはもちろん、そのことを青山君に問いただしたんでしょうね」

「そりゃあもう……その日の夜に……」

「青山君はどう言ったんです？」

「ああ、あれかい、ちょっとイタズラをしたんだよ。会社へ来た友達が女房を見せろって言うんで、ただ会っても面白くないだろうから、こう言って驚かしてみろって仕組んだ芝居さ——。お義兄さんは笑いながらそう説明したんですって。もともと姉は、そんなことだろうって真にも受けていなかったくらいだから、話はそれっきりになってしまったそうですけど……」

「芝居……ねえ」

「その頃のお義兄さんは、すでに精神異常者だった……ということになれば、あるいは本当に十万円の手付けを渡して、土地を買おうなんて考えていたのかもしれませんわ」

「十万円の金は……？」

「そのくらいの貯金なら、姉の知らない分があったとも考えられます」

「うん。ぼくも芝居だったとは考えないな。十万円の手付けの話までするなんて、芝居にしては念が入りすぎている」

「そうなんです。それに、狂っているからって、土地を買おうと考える——その間の思案の推移が、どうも不思議で仕方がないんです。日頃、お義兄さんが土地にとても執着を持っていたとでもいうなら、また別ですけど……」

「とすると、彼はある程度、本気で土地を買おうと考えていた……」

「そうは思えません？」

「しかし、一万坪の土地ともなれば、南伊豆あたりでも莫大な値段でしょう。それだけの土地を買える能力が、彼にあったかどうか……」

「その辺が、ますます奇妙なんです。お義兄さんに、そんな経済能力はなかったと断言出来ますから。それで、わたくしは、そのことと今度の事件に何か関係があるんじゃないかって考えたんです」

「なぜ、そう考えました？」

「だって、身分不相応な買物をしようとした人間の、突然の死……何もかもが、尋常《じんじょう》ではないんですもの」

「青山の死には、複雑な裏側の事情があるというわけですか?」

「と言うより、お義兄さんが発狂しなければならなかった原因が、そうした不思議な出来事と繫《つな》がりを持っているのではないかって、そんなふうに思えるんです」

「その土地会社の外務課長という男に、会ってみる必要がありそうですね」

「ええ。南伊豆観光土地商事です」

「外務課長……と」

手帳に土地会社名を書きながら、大場はいつの間にかこの事件について調べてみようという気になっている自分を発見した。

常識的に判断すれば、こうした大場や冬子の考えは、無意味だと言わなければならない。事件と言っても、捜査を必要としない犯罪なのである。狂人が若い女を殺し、自殺した——ただ、これだけのことなのだ。事件の発生と解決が同時だった。警察でも、別に調べようとはしていない。事実をはっきりさせるために行動しているだけで、あとは報告書の作成だけなのである。

犯人が死んでしまっているのに、いったい、何を調べようというのか。そう言われても、仕方がなかった。青山が発狂した原因や、そうなるまでの経緯《けいい》を明らかにしたところで、得るものは全くない。いっさいが、あとの祭りなのである。

しかし、それは世間の見方であって、犯人の身近にいた人間たちの場合はまた別だ。世間が一週間で忘れてしまうであろう今度の事件にしても、冬子や大場は数年記憶しているに違いない。青山の妻ともなれば、生涯この日の衝撃を忘れ得ないだろう。

そうした人びとには、真相の全貌を知る権利がある。気がすむまで、調べたいのである。

「刑事じゃなし、こういうことには自信もないのですが、頭の働きは二の次にして、足を頼りに調べ回ってみましょう」

と、大場は確かに自信のなさそうな苦笑を浮かべて言った。

南伊豆観光土地商事外務課長——

原理恵子——

市橋若葉の周囲の人間——

いざ調べるとなると、このくらいの人たちには会ってみなければなるまい。大場は、恐る恐る海の中へ入って行く子供のような気持ちで、そんなふうに考えていた。

いや、このほかにも調べなければならないことがある。これは重大な点だ。この一年間、青山が関係した仕事を詳しく把握することであった。

青山の発狂と、彼の職業が関係していないはずはない。彼が精神を崩壊させてしまったほどの打撃を受けたのは、いつ、どこで、どのようなことによってであったのか。

大場は、二時間ほど前に目で確かめた、もの言わぬ黄色い友人の死顔を、思い浮かべた。

2

十二月二十三日の朝、大場は伊豆半島の南端にある下田町へ向かった。静岡県賀茂郡下田町――ハリスと唐人お吉の物語、また黒船投錨の地として知られている。伊豆急電鉄が開通して東京から三時間と、交通の利を得て以来、観光地としてますます盛んになった。そうなってしまっただけに、『伊豆の下田に長居はおよし、縞の財布が軽くなる』と唄われたような、下田情緒はなくなってしまった。

豪華なホテルが次々に完成されて、近代的な観光地になりきってしまっている。

大場がこの下田に来たのは、『南伊豆観光土地商事』の外務課長に会うためであった。この商事会社の東京出張所は、赤坂の溜池にある。だが、そこには出張所員が二名いるだけで、課長クラスは伊豆の下田の人間だということだった。下田にある本社に勤務しているというわけである。外務課長は、久保井という名前の四十男だと、出張所の事務員が教えてくれた。社員十二名の会社だそうであった。

大場が行動を起こそうと思いたったのは、この日の朝だった。九時半に目を覚まして、今日は日曜日だと気づいた瞬間、彼は下田行きを決めていたというわけである。

大場は下田へ行くことを誰にも告げずに、東京をあとにした。彼が冬子を誘って一緒に来るべきだったと思ったのは、伊東で電車を降りた時である。あまりにも、鮮やかな景観であったからだ。半ば、楽しみに来たというような気になるのが人情である。今、傍《かたわ》らに冬子がいたら——と、大場がそんなふうに思ったのも無理はない。

大場が伊東で電車を降りたのは、これから先、車を飛ばしてみようと思いついたからである。南伊豆の東海岸沿いに、下田まで南下するのだ。途中、北川、熱川、片瀬、稲取、今井浜、白浜と、温泉や観光地として知られている土地がある。左手に絶えず、濃紺の海を見て、こうした土地を通り抜けて行くのも興が深い。

伊東でハイヤーを頼み、大場は下田までのドライブをすることにした。これほど気持ちに緩《ゆる》みがあるのも、旅行の目的が特に緊迫した問題ではないからかもしれない。それに、一年に一度の私的旅行でもあった。こんな楽しみも許されていい。

有料道路のゲートが三個所ばかりあって、かなりいい道が続きもしたが、それを寸断するように昔ながらの悪路があった。

下田についたのは、午後一時すぎだった。ハイヤーの運転手があちこちで尋ねながら、『南伊豆観光土地商事』の看板を探し当ててくれた。

商事会社は下田町の西側にあった。平滑川の畔である。川の向こうに、江戸幕府とペリーが下田条約を締結したところという了仙寺がある、と、運転手が説明した。

なるほど社員十二名の会社らしく、看板だけは立派だが、普通の素人家を事務所に使っていた。このあたりは人通りも少なく、田舎へ来た——と、大場は思った。やはり、港の見えない、海のない下田は、何のへんてつもない地方の町にすぎなかった。

土間に事務机を並べて、若い女をまじえた事務員が三人ほど、ひっそりと顔を伏せていた。たいして忙しくもないらしく、大場が土間へ足を踏み入れたとたんに、事務員たちは揃《そろ》って顔を上げた。

「久保井さんという、外務課長はいらっしゃいませんか?」

大場が、三人のうち誰へともなく声をかけた。

「久保井さんは……」

と、左端にいた若い女が言いかけた。眩《まぶ》しそうな目をしている。大場の整った顔を正面《まとも》に見てしまって、照れたのだろうか。

「久保井さんは……」

女事務員はそう言いなおした。課長とは呼ばないらしい。そんなところがいかにも小さな会社という感じである。

「二階に……呼んで来ます」

女は二階へ通ずる階段を駈け上がって行った。大場は事務所の中を見回した。正面の壁に、一メートル四方の伊豆半島の地図が貼ってある。あとは、観光ポスターばかりだ。土地売買のほかに、観光案内もやっているようであった。

階段の下に矢印があって『無断で二階へ上がらないで下さい』と書いた紙が貼りつけてある。階下が事務室で、二階は首脳部が客と商談をする応接間というわけなのだろう。

間もなく女事務員に続いて小柄な男が階段をおりて来た。男は、階段の途中で大場の方をうかがった。小首をかしげたのは大場に見覚えがないという意味に違いない。色の黒い四十男である。久保井課長だとは、一目で知れた。

「どなたさんですか?」

久保井は近づいてくると大場を見上げるようにして言った。髪の毛をポマードで固めている。茶色の三つ揃いの背広が、少しも似合わない。

「東京から来たんですが……」

「東京から?」

大場が手渡した名刺をすかすようにして眺め回しながら、課長は言った。ステテコ姿で夏の道路に水をまいている男――久保井は、そんなタイプであった。

「で、ご用件は？」

狡猾《こうかつ》そうな四十男の目を、不安の翳《かげ》りがよぎった。

「ここではどうも……」

大場は首を振った。事務員たちが聞き耳を立てていることは、咳ばらい一つ聞こえない静けさでわかった。

「手間どるんですか？」

久保井は口をとがらした。大場をあまり歓迎していないらしい。もっとも、商売関係がないとなると、思いきって冷淡に扱う種類の男かもしれない。

「五分……いや、三分でけっこうです」

それ以上頼まれても話相手にはならない。こんな口臭の強い男と一緒にいるのもご免だ――と、大場は脳で呟《つぶや》いた。

「じゃあ、そこで……」

久保井は事務所の外を顎《あご》で示した。道路で立ち話をしようというのである。失礼な話だが、仕方がなかった。大場は先に事務所の外へ出た。

路上には陽光が溢《あふ》れていた。屋内より暖かいくらいだった。とても、十二月の末という季節感が伴って来ない。ただ、風がかなり強いらしく、頭の上の電線が猫のように唸《うな》り続けていた。

「お尋ねしたいことがありましてね」

と久保井と向かい合いになった大場は、表情を厳しくした。

「何です?」

課長はポケットを探ってピースの箱をとり出した。

「青山清一郎……ご存じでしょう?」

「青山?」

男の唇から、煙草がポトリと落ちた。

「あなたも、目黒のアパートを訪ねたことがあるでしょう。アジやカマスの干物のみやげものを持って……」

「ああ、あの青山さんで……」

「青山は土地を買いたがっていたそうですが……」

「へえ……」

「知らんのですか?」

「特別には……」

「しかしあなたは青山から頼まれたでしょう? 十万円の手付けまで受け取って、一万坪の土地を……」

「あの話ならなかったも同然だったんですよ」

「どういう意味です?」

「一度は、確かにあの方から頼まれました。何でも、親しくしている事業家に伊豆あたりに別荘地はないかと話を持ちかけられて、それ以来、土地に興味をもってしまったなんておっしゃってました。いい土地があれば、その一部をただで貸してもらえそうだから、この話に乗ってくれないかって……」

「つまり青山は自分の土地を買うつもりではなかったわけですね?」

「そういうことになりますな。その事業家のために青山さんは一生懸命だったんですから……。もっとも、いい土地を見つければ、青山さんは、そこの一部を使わしてもらうという約束だったんでしょうが……」

「しかし、あなたは青山さんの奥さんに、ご主人は内証で土地を買っておいて奥さんを驚かすつもりだったんでしょう、と言ったそうじゃないですか?」

「そりゃあ、商売人の愛想というものです。わたしの商売の相手は、青山さんなんです。その事業家っていう人の名前も顔も知りません。とすれば、わたしが青山さんの奥さんに、上手な口の一つも聞くのは当たり前じゃないですか」

「なるほど……。それでこの話はなかったも同然と言われましたが、それはどういうわけなんです？」

「話が取り消しになったからですよ」

「誰の意志で？」

「むろん、青山さんの方から断って来たんですが……」

「いつ？」

「わたしが東京の目黒にあるアパートへ顔を出した、その翌日だったと思いますが、電話で連絡して来られました」

「手付金は？」

「まだ話が決まったわけではないのですから、お返ししましょうと言ったのですが、いずれそっちへ行った時に受け取るというわけで、まだそのままになっています」

「いや、どうも、お手数をかけました」

大場は会釈した。どうやら、これ以上、この男から何かを聞き出そうとしても無駄のようである。久保井の話は、うまく出来ているように思える。すでに答が決められてあったのだろうか、と疑いたくなる。しかし、別に話が矛盾しているわけではない。

冬子が期待したほど、この土地問題は根のある話ではなかったのだ。

大場は諦《あきら》めた。はるばると伊豆の下田までやって来たのが、滑稽なことのような気がしてくる。しかし、下田へ来たことはまるっきり無駄ではなかった。

大場は、下田で、実に意外な相手に行き合ったのである。

3

大場は海の方へ向かって、下田の街中を歩いた。のどかな街の風景である。気候温暖、風光《ふうこう》明媚《めいび》、一年もこの土地に住みついていたら、悠長《ゆうちょう》な人間に変わってしまうのではないだろうか。

表面的には、人間の生存競争など微塵《みじん》も感じられない。神経質な顔は一つも見られなかった。雑踏もなく、騒音も聞かれない。誰もが、今日という時間の経過をのんびり見送っているようである。

こんな街を歩きながら、人を疑い、真相を追究しようとしている自分が、大場は馬鹿らしくなる。今日一日を、伊豆半島の南端で過ごし、夜になったら東京へ帰る。明日はクリスマス・イブではないか。冬子を誘って、銀座へでも出てみるか——と、そんな考えにも捉《と》らえられる。

《おれは思ったより薄情な人間らしい》

と、次の瞬間、大場は慌《あわ》てて反省する。二日前に青山の葬儀がすんだばかりなのだ。惨《みじ》めな、寂しい葬儀だった。女を殺し自殺した人間の葬儀には、世間は冷ややかである。青山の親類縁者たちは、ただただ謝罪するように参列者に頭を下げていた。参列者も、朝日建設の社員を除いては、ほんの何人かが顔を出しただけだった。年の瀬が迫った頃の葬儀というものは、ただでさえ暗い雰囲気なのに、青山のそれは悲惨といった感じであった。

美津江は半病人だった。不憫《ふびん》なのは高志である。父親が殺人を犯したあげくに自殺したということが、高志の一生について回るに違いない。

茨城県の日立から、美津江の両親が駈《か》けつけて来ていた。美津江と高志は、ひとまず実家で引き取るらしい。あるいは冬子も、家族たちと一緒に日立へ帰ってしまうかもしれない。

少なくとも、現在の冬子は、クリスマス・イブの銀座を散策するような立場にはないのである。大場は、自分の暢気《のんき》な性格を腹立たしく思った。彼はもう一度、『南伊豆観光土地商事』の久保井課長の言動を吟味してみた。久保井は大場の質問に、よどみなく答えた。あらかじめ、返答が用意されてあったのではないか、とさえ思ったくらいである。

青山と久保井と美津江が、土地の売買について三通りのことを言っているのは事実であった。

「久保井が目黒の社員アパートへ来て、ご主人から南伊豆の、これから発展しそうな見込みのある土地を探してくれと頼まれ、十万円の手付けをいただいてますと、挨拶して行った……」

美津江は、こう言っている。

それに対して青山は、

「あれは冗談だ。会社へ来た友達が女房を見せろって言うんで、ただ会っても面白くないだろうから、こう言って驚かしてみろと仕組んだ芝居なんだ」

と、弁解している。

そして今日、大場が久保井に会って聞いてみたところによると、

「親しくしている事業家から、伊豆あたりに別荘地はないかと話を持ちかけられ、いい土地が見つかれば、その一部を、ただで貸すという条件で青山さんが代わりに探してやることになったらしいのです。青山さんの奥さんに、あのような言い方をしたのは、商売人の愛想というものです。しかし、この話は数日前に取り消しになりました」

というわけである。

この三者の話を、いずれも信ずるわけにはいかない。三通りの話を信じても、特に矛盾があるわけではないが、どうも筋書きができすぎているようであり、二、三弁解じみているところもあるのだ。

とするならば、誰かが嘘をついているわけである。真相を知られたくないために、その場かぎりの隠蔽策《いんぺいさく》をとったと言っていい。

この中で、最も信じられるのは美津江の話だ。というのは、美津江にそんなでたらめを口にする理由がないからである。美津江は、この南伊豆の土地について何も知っていなかったはずだ。

久保井が社員アパートへ来たことによって、初めて知ったのだ。その美津江が、根拠のない作り話など、できるはずはないだろう。

青山が嘘をついていることは、九分通り確かである。土地の話などイタズラだと言っているが、久保井は青山から土地を見つけてくれと頼まれたことを肯定しているのだ。青山はなぜ、妻の美津江に対して、そんな嘘をつかなければならなかったのか。やはり、精神異常者の無意識な嘘だったのだろうか。それよりもまず、南伊豆に土地を買おうと考えた青山の気持ちからして、常軌《じょうき》を逸しているように思えるのである。

もっとも久保井の言によれば、青山自身が土地を欲しがっていたのではなく、親しい事業家から頼まれて青山は動いていたのだそうである。だが、この久保井の説明もまた、ごまかしであるような気がする。

青山にそんな親しい事業家がいたとは、大場は聞いたことがなかった。青山の葬儀にも、それらしい人間は姿を見せていない。いくら事業家で金持ちであろうと、青山が死んだと知れば、彼に手付け金として渡してあった十万円がどうなっているか気にするだろう。実は青山に十万円という金を渡してあると、遺族の者に言ってきたに違いない。

かりに、青山と親しくしていた事業家がいたとしよう。だが、その事業家はなぜ土地の斡旋《あっせん》を青山などに依頼したのだろうか。

伊豆に広大な別荘地を見つけようというほどの資産家が、友達にそんなことを頼むだろうか。土地会社に電話一本すればすむことだし、事業家には、気兼ねなしに使える人間が大勢いたはずである。

そうした点から考えて、久保井の言うことの信憑性《しんぴょうせい》は薄かった。

それに、この話が取り消されたということも、素直には頷《うなず》けない。手付けの十万円がそのままになっていることが、その理由であった。青山は、いずれ伊豆へ行ったときに受け取ると言ったそうだ。信じられない話である。契約書を交わしたわけではないのだから、正式な手付け金ではない。当然、返してもらうべき金だ。十円や二十円の金ではないのである。青山はすぐに、返送してくれとでも頼まなければならなかったはずだ。その親しい事業家から預った金であれば、なおさらのことである。

では、久保井がどうしてそのようなでたらめの説明を大場にしなければならなかったのか。二つの場合が想定される。青山の死を新聞か何かで知って、十万円の手付け金を自分のものにしようと思いたった。これが一つ。第二に、誰かから口を封ぜられたという場合である。

前者の可能性は、どちらかと言えば薄かった。もし十万円を横領するつもりなら、久保井は大場に手付け金を返済したとでも言ったに違いない。

しかし、久保井は十万円をまだ預ったままだと正直に打ちあけたし、返せと言われれば、いつでも返すといった口ぶりだった。

従って、第一の想定はまず否定していいだろう。とすると、久保井は第三者から頼まれて、あのような作り話をしたということになる。つまり、青山自身の意志で南伊豆の土地を買おうとしたことは事実だったのである。それを久保井は、第三者の依頼によって、青山は親しい事業家の代理人として土地を探していたのだということに、話を作り変えたのではないか。

《その第三者とは、いったい何者なのか》

大場は、強い日射しに目を細めた。誰が、何の目的で、久保井に嘘を強いたのだろうか。およそ、見当のつかないことである。

大場は、伊豆急電鉄の下田駅前の広場に出た。駅前だけは、往来がかなり激しかった。土曜日から一泊旅行に下田へ来た観光客のうち気の早い連中が、そろそろ引き揚げる時間である。

駅前の広場には、幾台もの乗用車が駐車していた。陽光を浴びて車体を輝かせた車のほとんどが、東京ナンバーである。日帰りで下田までドライブに来る人びとが多い証拠だった。

大場はふと、足をとめた。コバルトブルーのシボレーの傍らに立っている女のうしろ姿に、見覚えがあったからである。グリーンのオーバーを肩から羽織り、女は運転手が車体のほこりを拭きとっているのを眺めていた。車の掃除がすんだら、女はそれに乗って、この地を発つといった感じである。形のいい脚が、リズムをとるように細かく動いていた。

大場は、女の傍らを通り抜けてから振り返った。女の近代ふうな美貌を、大場の視線がとらえた。やっぱりそうだったと、大場は外国で日本人を見つけたときのような懐かしさを覚えた。女は目を伏せていて、大場の存在には気づかないようだった。

外国で日本人を見つけたときのような懐かしさ——つまり、それほど意外な人間との邂逅《かいこう》だったのである。

「奇遇ですね。原さん……」

大場は、二歩、三歩女に近づきながら声をかけた。女は、資源開拓公団総裁の娘、原理恵子だったのである。

「あら……」

顔を上げた理恵子は、戸惑ったように目を忙しく動かして小さな笑みを浮かべた。理恵子も大場のことは、的確に記憶していたらしい。二人が顔を合わせたのは、これが三度目である。

最初は青山が原邸へ押しかけて行ったときであった。そして二度目は理恵子が青山の葬儀に顔を出したときのことである。

「あのう」理恵子は当惑したように、眉をひそめた。呼びかけたくも、彼女には、大場の名前がわからなかったのだ。

「大場です」

彼は苦笑した。

「失礼致しました。……大場さんは、下田へお遊びにいらしたんですか？」

と、理恵子は訊《き》いた。

「まあ、そんなようなものです。例の青山のことで、ちょっと調べてみたい点もあって……」

そう答えながら、大場は理恵子の美貌をしみじみと眺めやった。この女には恋人がいるのだろうかと、そんなよけいなことまで気になる。

「青山さんと、この下田にどんな関係があったんですの？」

「青山は生前、下田にある土地会社を通じて、一万坪の土地を買おうとしていたらしいんですよ」

「一万坪の土地ですって？　ずいぶん、青山さんはお金持ちだったんですのね」

「さあね。何しろ、精神異常者のやることですから、本気で土地を買うつもりだったのかどうか、わかりませんよ」

「そんな言いかたをなさっては……青山さんがかわいそうですわ」

「ほう。あなたが青山に同情なさるとは意外ですね」

「どうしてですの？」

「青山のことで最も被害が多かったのは、あなたとあなたの家族の方たちでしたからね。本当に迷惑をかけられた人間が、迷惑をかけた人間に同情的というのはわれわれ凡人にはピンとこないんです」

「でも、青山さんは普通じゃなかったんですもの。赤ん坊と精神異常者のやることに、罪はありませんわ」

「なるほど……」

「ですから、わたくし、青山さんを冷たくあしらったことを、つくづく後悔しているんですわ」

理恵子は暗い眼差《まなざ》しで、小さく吐息した。大家の令嬢にしては、なかなか思いやりがある
――と、大場は感じた。

「お嬢さん、もうよろしいですよ」

と、運転手が言った。

「大場さん、これからどうなさいますの？」

気をとりなおしたように、理恵子は明るい表情に戻った。

「予定は別にありません。用はすませてしまったし、ただ何となく歩いていただけなんです」

大場は、正直に答えた。

「わたくし、これから東京へ帰りますけど、もしよろしかったら、ご一緒にどうぞ……」

理恵子は、運転手があけて待っているドアを、指さした。

「かまわないんですか?」

「遠慮はなさらないで……」

「そうですか。じゃあ、お言葉に甘えて便乗させてもらいます」

と、大場は理恵子に続いて車に乗り込んだ。悪い気持ちではなかった。高級車に美人と一緒に乗り、伊豆から東京までのドライブ——男にとって単純な喜びであることは当然だった。

シボレーは、音もなく走り出した。余裕がありすぎるくらいのシートに、大場は深ぶかと身を沈めた。理恵子の甘い香料と体臭が、車の中に漂っていた。

「あなたは、下田へ何しにいらしたんですか?」

大場は顔だけを、理恵子の方へ向けた。まさか、久保井の口を封ずるために下田へ来たのではないだろうと、大場は思った。理恵子と久保井に関係あるはずはなかった。

「今日、日曜日でパパの車があいているでしょう。だから、ちょっと拝借というわけでドライブしたんです。最初は箱根あたりまで行って帰るつもりだったんですけど、走っているうちに伊豆半島をドライブしてみようっていう気になって、いつの間にか下田まで来てしまったんですわ」

「下田の街を見物してみましたか？」

「二十分ばかりブラブラしてみましたけれど、見物するようなところもないし、やっぱり走っている車の中にいた方が楽しいですわ。帰りは伊東から伊豆スカイ・ラインへ出てみようと思ってますの」

「伊豆スカイ・ライン？」

「素晴らしいドライブ・ウェイですわ。箱根へ抜けて小田原に出るんですけど、相模湾と駿河湾を左右に眺めて、正面には富士山……。目のさめるような壮観さです」

と、理恵子は双眸《そうぼう》を輝かせた。

「たまには、自然の景観を楽しむのもいいですね。あなたのような女性とご一緒に……ぼくは幸福ですよ」

多分に口先だけのお世辞もあって、大場は、そう言った。

「お上手ね……」

理恵子は眩しそうに、視線をそらした。微かな恥じらいのゆるみが、彼女の口許《くちもと》にあった。

「失礼ですけど恋人は……？」

大場はいささか、図に乗った調子だった。だが、そのくらいのことは知っていなければならなかった。いずれは、話し合いの機会を持つつもりでいた相手である。青山のことについて、いろいろと聞き出すには、それなりに理恵子との親密関係を増しておく必要があるのだ。

恋人がいるのいないのといった話は、気持ちを柔らげて、打ち解けた雰囲気を作るものである。そういう意味で、大場が提供した話題は効果的であった。

はたして理恵子は、当惑しながらも相手の反応を意識した眼差《まなざ》しになった。

「婚約者がいますわ」

理恵子は甘えるように、視線を大場のそれに絡ませてきた。

「婚約者……」

大場は、意味もなく失望した。

「黒部という国会議員の長男で、商業美術のデザイナーなんです。いまはフランスへ行っておりますけど、来年には帰国します。そうしたら、結婚という予定ですわ」

「黒部正造代議士の長男ですか……」

黒部という国会議員なら、大場も名前だけは知っていた。政界の重鎮《じゆうちん》と言われて、政局が不安定になると必ず新聞紙上に名前がのる実力者だった。大臣歴もかなり豊富な人物である。

理恵子は、その黒部正造の長男と婚約しているという。釣り合いもとれているし、いわば良縁ということころだろう。

「恋愛ですか?」

「いいえ、お見合いして……」

「そんなところへ、青山があなたの恋人だなんて乗り込んで行ったのだから、大変だったわけですね」

「わたくし、そういう意味で怒ったわけじゃありません。見も知らない男の人から、愛だとか恋だとか押しつけられたので、わたくし、とても腹を立ててしまったんです。女の潔癖感というものですわ。この縁談に傷がつくとかつかないとかいうことは、わたくし、大して気にしておりません」

「とおっしゃると、あなたは黒部代議士の息子さんとの結婚に、あまり期待をかけていないというわけですか?」

「心から愛していて、結婚する相手ではないんですから……」

と、理恵子は呟《つぶや》くように言った。

「なるほどね」

大場は、愛してもいない男と結婚させられるのは惜しい、とまた無責任な執着を理恵子に覚えた。

「こんな話、つまらないと思いません？」

気を変えるように、理恵子はシートに座りなおした。

「今日は思いがけなく大場さんとご一緒できたし、明日はクリスマス・イブ。それでいいんじゃないかしら。何も一年先のことを考えなくても……」

「そう。明日はクリスマス・イブでしたね」

「わたくし、家でパーティーを開きますの。お友達が大勢集まって、とても楽しいんです」

「羨《うらや》ましいですね。独身寮住まいのぼくなんかは、バーの片隅にぼんやり座っているのが、毎年の例ですね」

「あら、大場さんにも恋人がいらっしゃらないの？」

「残念ながら……」

「じゃあクリスマス・イブだけ、わたくしが、にわか恋人になりましょうか？」

「光栄ですね」

「真面目なお話ですわ」

「しかし、あなたにはパーティーがあるんでしょう？」

「パーティーは九時に終わります。自由行動をとりたい人もいるでしょうからね。だから十時頃に、あなたと銀座でデートっていうのはいかがでしょう？」

「喜んで……」

「十時に、新橋駅前の〝エンゼル〟という喫茶店でお待ちしてますわ」

「三階建ての、あの〝エンゼル〟ですね」

「そうです」

「わかりました」

と大場は目で頷《うなず》いた。

理恵子は本気で、約束したらしい。大場には信じられないことだった。理恵子がこんな形で好意を示すとは思っていなかったし、彼女の積極的な誘いかけに大場は狼狽《ろうばい》ぎみであった。

大場には理恵子の真意が読み取れなかった。クリスマス・イブだけの恋人になろう——これが婚約者もいる良家の子女の言葉だろうか。まだ三度きり顔をあわせたことのない男に、こうした好意を示すのは軽率にすぎないだろうか。理恵子が、大場の名前を知ったのは、つい三十分も前のことである。その大場とクリスマス・イブの十時に会おうと、理恵子はみずから言い出したのだ。

しかも、恋人になろうという。男がその気になって妙な行動にでもでたら、理恵子はいったいどうするつもりか。

男の恐ろしさを知らない箱入娘、という解釈もある。しかし、そうまで純真な女が現代に存在するとは思えなかった。

自分に好意を覚えたからだと、素直に受け取ればいいのかもしれなかった。クリスマス・イブに、そうしたアバンチュールを楽しみたいという娘心もあるだろう。人を疑いすぎる、と大場は思った。

大場に接近して何をしようというのだ。理恵子がそのような魂胆《こんたん》を持つはずがなかった。それより明日、理恵子との時間を過ごしているうちに、青山についての彼女の考え方をただした方が賢明ではないか。

大場は紺色の海を窓外に見やりながら、その思索をまとめ上げた。

車は今井浜を通り抜けた。車体の震動でずれ上がった理恵子のスカートから、美しい脚線が流れ出ていた。

4

翌日、大場は会社へ出勤した。出勤しても仕事はなかった。タイム・レコーダーを押しに来たようなものである。技師室も空っぽだった。タイピストと電話交換嬢が、所在なさそうに座っていただけであった。

「大場さん、今夜バーへでも誘ってくれないかしら？」

と、タイピストが媚《こび》るような目つきで声をかけて来た。

「プレゼントをねだるつもりだろう」

大場は軽くいなしておいて、自分の席へ向かった。仕事のない勤め先ほど、いにくいものはない。三十分もたたないうちに、彼はいても立ってもいられない気持ちになった。

冬子から電話があったのは、そんなときであった。

「大場さん、これからすぐに会いたいんですけど……」

冬子の声は、心持ち緊張しているようであった。

「社の方へ来られますか？」

そう言いながら、大場は心にチクリと痛みを感じた。冬子は大場だけを信頼しているのである。例え目的がほかにあるとはいえ、理恵子と今夜、恋人らしく会うということが、冬子の信頼を裏切る行為のように思えて来るのである。

「すぐに行きますから、お待ちになってくださいます？」

冬子は、縋《すが》るように言う。

「待っています。しかし、何かあったんですか？」

「お義兄さんの遺品を整理していたら、妙なものを見つけたんです」

「妙なもの」

「手帳です。お義兄さんが、ついこの間まで使っていた手帳だって、姉が言ってます」

「何か、重要なことがメモしてあるんですか?」

「ところどころ、わけのわからないことが書いてあるんです。ですから、それを大場さんにお見せして、ご相談しようと思うんです」

「わかりました。では、すぐいらしてください……」

と、大場は電話を切った。これは安閑《あんかん》としてはいられない、と大場は思った。冬子は一生懸命なのである。何とかして、青山の死の真相を探り出そうと、過去へ伸びている糸を手繰《たぐ》っている。大場にしても、時間をもてあましている場合ではなかった。

彼はタイピストに命じて、『技師室業務日誌』と今年の『出張命令授受簿』を持って来させた。

まず『出張命令授受簿』の方から調べなければならない、この帳簿には、出張命令を受け取った技師各人の任務遂行について記入されてある。

月日、出張先、帰社予定日、担務技師、工事名称及び施工事業所という各項目にわたって、該当記入がなされているわけだった。例えば、八月一日の分には次のように記載されてある。

月日　八月一日
出張先　福島県田村郡仁野町
帰社予定日　八月二十日
担務技師氏名　荒川義男　北城金次郎
工事名称　仁野町町民会館建築工事見積のため
施工事業所　仁野町役場

大場は、この『出張命令授受簿』の中から青山の担務した建築工事を探し出すつもりだった。青山が精神に異常を来した原因は、彼の仕事と密接な関係にあったと見なければならない。青山の悲劇の起点は、彼の過去にあるのだ。過去を探らなければ、青山が狂人となった原因はわからないのである。生前の友人の秘密に触れるような気持ちで、大場は一枚一枚たんねんに授受簿のページを繰った。彼の指先は、おのずと震えた。

青山の出張は、三回ほど記載されてあった。大場はそれを、別の紙に書きとった。さらに、その三回の出張と『技師室業務日誌』と照合した。間違いなく、両者は符合した。これで今年一年の青山の仕事が、明らかになったのである。この三つの仕事のうちのどれかに、青山を気違いにさせるような衝撃の因が隠されている。これ以上昔の仕事が、今頃になって青山に衝撃を与えることはなかった。

「大場さん、面会だそうです」

電話交換手の声が聞こえた。

「第一応接室へ通してくれ」

そう答えながら、大場は立ち上がった。もちろん青山の出張に関して書きとっておいた紙片を忘れなかった。第一応接室は一階にあった。だだっ広い部屋の一隅のソファに、冬子が心細そうに座っていた。

「やあ……」

昨日、伊豆の下田へ行って来ましたと口に出しかけたが、大場はそれを思いとどまった。話し出せば、理恵子に会ったことを言わなければならない。そこまで説明するのが、大場にはおっくうだったのである。

「これなんです……」

冬子は、早速、黒い表紙の手帳を差し出した。金文字で『朝日建設』と、表紙に印刷されてある。「社で発行している手帳ですね」と、大場はだいぶくたびれているその手帳を受け取った。

十月二十二日の欄までは青山の字で細ぼそとしたことが書き込んであるが、それからあとは白紙であった。

「なぜ彼は、途中でこの手帳を使わなくなったんでしょうね」

「ええ」

「年が変わったり、余白がなくなったりすれば、手帳というものは使わなくなりますが、まだ十分に活用できるじゃありませんか」

「気分を変えるつもりで、新しい手帳と取り替えたんじゃないでしょうか？」

「その新しい手帳というのは、見つかりましたか？」

「いいえ……気がつきませんでしたわ」

「変じゃないですか。手帳を取り替えたなら、新しいやつが彼のポケットにでも入っていたはずですよ」

「そう言えば、おかしいですね。……お義兄さんの死体のポケットからは、何も発見されなかったそうですわ」

「十月二十三日以降、彼は手帳というものを使わないことにしたのかな」

「そんな心境の変化っていうものが、あり得るでしょうか？」

「じゃあ、誰かが、青山君の死体から手帳を抜き取った……？」

「そんなこと、考えられませんわ」

「まあいい。その点はあとで考えることにして、わけのわからないことが書いてあるっていうのは、どれです？」

「これなんです。三月分に三回、四月分に二回、この符合が書き込んであるんです」

冬子が示したのは、符号というよりも書いた当人だけがわかる一種の記号であった。日記帳や家計簿に、あまりはっきりとは書きたくないが、一応は記入しておきたいと思ったことを独特の記号で示す、あれである。例えば計画出産を心がけている人妻が、毎月の生理日を〇印で家計簿に書き込んでおいたりする、その〇印のようなものだった。青山は、三月五日、十六日、二十日、四月二日、十日の五か所に『B一〇〇』と、記入していた。『B一〇〇』が何かを意味する記号であることには間違いなかった。

「バーへ行って、百円使ったというのは、意味をなさないな」

「バーに、一〇〇という名前の店はないかしら？」

「聞いたことありませんね。しかし、バーへ行った日を記号でつけておくというのも変ですよ。そんなことをする必要はないし、バーへ五回きり行かなかったはずはありませんからね」

「でも、この記号がとても気になるんです。ほかに書かれてあることは、ごくあたり前のメモばかりなのにこの〝B一〇〇〟というのが……」

「それほど、深い意味のあることでしょうかね」

と、何気なく手にしていた紙片に目を落とした大場の膝が、ガクッと揺れた。彼は目を見はった。そのまま何秒間か、大場は吸い寄せられるように紙片を凝視し続けていた。
「どうかなさいました?」
冬子が、大場の顔を覗き込んだ。
「自分で書いたのに、なぜこのことに気がつかなかったんだろう。これは青山君が今年関係した仕事の、一覧表なんですよ。これを見てごらんなさい?」
大場は、珍しく興奮状態にあった。大場の指先は、紙片の右端に置かれていた。
月日　一月八日
出張先　埼玉県秩父郡白石
担務技師氏名　青山清一郎
工事名称　白石ダム建設工事一部下請
施工事業所　資源開拓公団
紙片には、このように書きとってあった。
「資源開拓公団……」
冬子が、頬を硬ばらせた。資源開拓公団総裁の娘理恵子を愛人だと口走り、青山は総裁邸で女を殺し、みずからもまた生命を断ったのである。青山が発狂した原因は彼の過去にあるはずだった。

「青山君の過去に、資源開拓公団との接触があったわけです！」

と、大場は叫ぶように言った。

第三章　死者再び

1

今年の銀座のクリスマス・イブは、大した人出はなかった。キャバレーやバーは、相変わらず派手な景気づけをしていたが、客の入りは悪いようである。ネオンと車の洪水が、ただ空転しているふうであった。

ようやく人びとも、クリスマス・イブを、それぞれの家庭で過ごす気になったのだろう。それだけ、世の中が落着いたのに違いない。

それでも、若い男女の二人連れは多かった。家庭にいても面白くないという連中が、夜の銀座へ集まって来るらしい。

新橋駅前の三階建ての喫茶店『エンゼル』も、若いアベックたちで満員だった。喫茶店も今夜だけは、遅くまで営業しているのだろう。

十時すぎたというのに、客たちは、いっこうに腰を上げようとはしなかった。

約束の十時に『エンゼル』で顔を合わせた大場と理恵子は、店内の盛況ぶりを目のあたりに見て、思わず苦笑した。

「ぼくみたいな老人が、来るところじゃないですね」

「恥ずかしいみたい……」

「若さがムンムンしている」

「大場さんだって、昔は若かったんでしょう？」

「そりゃあ当たりまえですよ」

「わたくしたちは、やはり、家の中でレコードでも聞いているほうが、無難なんですね」

「それでも、今夜、よく十時に間に合わせてくれましたね」

「パーティーが、九時に終わりましたの……。ですから……」

「夜の外出は自由なんですか？」

「もう、一人前ですから……」

「でも、総裁はなかなか厳しい方みたいじゃないですか……？」

「そうかしら」

「開拓公団総裁の仕事も大変でしょうし、神経質そうな印象を受けました」

「公団総裁の地位も、あと一年半たらずですわ」

「というと？」

「任期が、次の次の年の四月までなんです」

「それ以上、お続けにはならないんですか？」

「父は、任期を了《お》えたら辞《や》めるつもりらしいですわ」

席があくのを待つ間、大場と理恵子はそんな話を交わしていた。やがて、ウェートレスが空席のできたことを告げに来た。二人は二階の壁ぎわにある席に、案内された。テーブルも小さく、理恵子でさえ窮屈そうに椅子に腰を据《す》えた。

周囲では男女の笑い声が絶え間なく続いていて、甲高い口調の饒舌《じょうぜつ》が二人の耳に飛び込んで来る。

「あまり、居心地はよくありませんわね」

と、理恵子が片目をつぶって見せた。だからと言って、すぐ店を出て行くわけにもいかなかった。大場はウェートレスに、シャーベットを二つ注文した。

「今夜のスケジュールは？」

煙草に火をつけて、紫色の煙の中から、大場は訊《き》いた。

「どうしましょう？」

どこへでも付き合うというふうに、理恵子は挑《いど》むような目つきをした。

「お嬢さんの……」

「理恵子と呼んでください」

「理恵子さんの門限は？」

「二時頃までに帰れば、大丈夫だと思いますわ」

「夜中の二時ですか？」

「ええ」

「そんなに遅く……？」

「だって今夜はクリスマス・イブ……。特別な日ですもの」

「もっとも、あと四時間もありませんがね」

「有意義に過ごしたいと思いますね」

「では、ここを出てから、どこか場末のバーへでも飲みに行きましょうか？」

「素敵だわ。クリスマス・イブに場末のバーでひっそりとお酒を飲むなんて……」

「ぼくはどうも、一流のバーには縁がないものですからね。麻布の二の橋に『ミスズ』という行きつけのバーがあるんです。いつ行っても客のいない店で、夜中までやっているところなんですが、いかがです？」

「結構ですわ」

話は決まった。理恵子は楽しそうであった。もっとも理恵子にしてみれば、行きつけない場所を探訪するような気持ちで、そんな冒険が、愉快なのかもしれない。ブルジョアの令嬢でも、刺激を求める気持ちは人並みなのである。

二人はシャーベットをたいらげると、早々に『エンゼル』を出た。店の裏の駐車場に、お馴染みのシボレーが停まっていた。運転手つきの自家用車で来たのは、やはり大場と二人だけで行動することに、不安があったからだろうか。

この点だけは、大場にも気にいらなかった。警戒されるのは、あまり愉快なことではない。理恵子に対して、どうしようという野心は少しもないのだ――と、大場は脳裡《のうり》に冬子の顔を描いた。

しかし、理恵子が、むしろ積極的に夜中まで付き合うというのは、どうした風の吹き回しだろうか。大場は車に揺られながら、そんなことを考えていた。

まさか理恵子が大場に好意以上のものを感じているわけではあるまい。まだ会って間もない二人なのだし、理恵子には政界の重鎮《じゅうちん》と言われている黒部正造の長男が、正式な婚約者としているのである。

かと言って、ほかに理恵子が大場に接近しなければならない理由はないのだ。

車は間もなく、麻布二の橋に到着した。まっ暗になった都電の通りに『ミスズ』という黄色いネオンが、ひとつだけポツンと見えていた。

「あれですわね」

「そうです」

「こんな人通りもないところで、よくお店が続いてますのね」

「不思議なくらいですよ」

車を店の前に横づけにして、二人はおりた。ドアを押しあけると、店内は、今夜もまた一人の客さえ迎えていなかった。カウンターの中に、四十がらみの女が眠そうに座っているだけだった。

「どうも……」

大場は、その女に手を上げて見せた。女は無言で頷《うなず》いた。

「わたくし、ビールを飲みますわ」

と、理恵子が言った。

「ビールを二本……」

女にそう告げて、大場はガス・ストーブをテーブルの近くへ運んで来た。

「実は、青山のことなんですがね……」

大場は理恵子と向かい合いに座ると、ふと思いついて口を開いた。

「青山はまんざら、資源開拓公団と縁がなかったわけじゃないんですよ」

「とおっしゃると……?」

理恵子は目を見はって、大場に顔を近づけて来た。

「青山は今年の初め、資源開拓公団の事業だった白石ダム建設工事に関係して、仕事をしているんです」

「白石ダム……?」

「ええ。埼玉県秩父郡白石に建設された、重力ダムです」

「重力ダムっていうと?」

「ダムの原理や構造、材料などの点で区別されるダムの種類なんですが……。重力ダム、アーチダム、アースダム、バットレスダム、といろいろあります。白石ダムはこのうちのコンクリート重力ダムなんです」

「資源開拓公団が、そのダムを、つくっていたんですの?」

「お父さんから、そのような話を、聞きませんでしたか?」

「父はいちいち公団の事業について、話してはくれませんでした」

「ま、そりゃあそうでしょうね。まあ、小さなダムでしたから、世間の話題にならなかったし、今年の九月に二年がかりで完成した白石ダムの竣工式のことも、新聞にさえ載っていませんでした」

「小さなダムだったんですか?」

「ええ。工業用水の確保と治水を兼ねてつくられたダムで、発電出力も一・一万キロワットきりないんです。だから、ほかのダムのように電力会社が施工事業所ではなく、資源開拓公団がつくったんです。つまり、採算のとれないダムというわけですね」

「その白石ダムの工事に、どうして青山さんが関係しているんですの?」

「ダム工事は、多くの下請会社によって進められるものなんですよ。開拓公団はダム全体の設計と資金面を受け持つだけです。あとは道路、資材、鉄工、土地、建設と、それぞれの専門会社が分担して、設計どおりに工事を進めるわけです。朝日建設も建設部門の一部下請で白石ダムの仕事をしています。それで、朝日建設からは、青山が技師として白石ダム工事に派遣されたというわけですがね」

「そうすると、青山さんはもともと、わたくしの父の名前をご存知だったわけですのね、特別な意味で……」

「青山は発狂した。そして、あなたの家に乗り込んだ。あなたの家と彼の発狂……この二点を結びつけると、青山が開拓公団の事業である白石ダム工事に関係していたということが無視できなくなるんです」

「なぜですの？」

「青山の発狂の原因が、この白石ダム工事にあったのではないでしょうか。彼の精神異常が最もひどくなったとき、狂人の意識が、白石ダム、資源開拓公団、公団総裁、そしてあなたと連想を誘って、あんな行動に出たのだとも考えられるのです」

「狂人が、かつて最も強い印象を受けたことを口走ったりする……あれと、同じだっておっしゃるんですか？」

「まあ、そうです」

「青山さんは、白石ダムの工事中に、どんなことから気が変になったんでしょう？」

「その点を、これから調べてみようと思っているんです」

「大場さんは、何のために、そんなことをお調べになるんですの？」

「青山は、ぼくの友だちですからね」

「でも、青山さんは人を殺して、ご自分も死んでしまわれたんでしょう」

「しかし、これっきりで青山の死を過去のことにしてしまいたくはないんです。真相を知りたいんですよ。青山が、なぜ発狂して、どうしてあんな死に方をしたのか、納得がいくまで調べなければ、気持ちがおさまりません」

「いいわね、男のお友だちって……。ほんとうに素晴らしいと思います」

理恵子はビールのコップに口をつけながら、遠くを見やるような目をした。

「でも、青山さんが市橋若葉さんに、あんなことをした点については、どうお考えなんですの？」

と、理恵子はコップをからにすると、話題を変えた。

「青山は市橋若葉という人と……お嬢さん、つまり理恵子さんとを間違えたんだと思います」

大場は答えた。

「やっぱり……」

理恵子は頷《うなず》いた。

「やっぱりって……理恵子さんも、そう考えていらしたんですか？」

「わたくしには、よく分かりませんけど、警察はそう判断しているようですわ」

「警察もね」

「市橋さんの身辺を調べたかぎりでは、市橋さんと青山さんは、まったく面識のない仲だったそうです。だから、青山さんには市橋さんを殺してしまう動機がなかったんですし、わたくしと錯覚したのではないかという見方が強いとかで……」

「常識では、そんな錯覚はとても考えられないことですが、なにしろ青山は普通の人間ではなかった……」

「いずれにしても、市橋さんには気の毒なことをしたと思って……」

「あなたの罪じゃありませんよ」

「でも、わたくしにも責任があるような気がしますの。市橋さん、お父さんと二人だけで暮らしていたんです。お葬式のとき、わたくし、とても市橋さんのお父さんの顔を正視できませんでしたわ」

「そんなものかもしれませんが……」

大場は、市橋若葉の身内の人間にも会う必要があるのではないか、と思った。

青山と市橋若葉になんらかの繋《つな》がりがあったとは考えられない。警察の調べでも、両者の間には面識すらなかったという結論が出たそうである。

しかし、だからと言って市橋若葉の生前を無視してもいいということにはならないのだ。例えば、青山の場合にしてもそうである。青山は結果として発狂したが、その原因がどこにあるかは、わからないのだ。

白石ダム工事に関連して、という想定も成り立つ。しかし、白石ダム工事に関係した直後、青山は発狂したわけではない。青山の言動が目に見えておかしくなったのは、最近のことである。

もし、白石ダム工事に発狂の原因があったとするならば、その原因と結果の間には、十か月以上の時間の経過があったのだ。

ということで、白石ダム工事と青山の発狂には因果関係はないとも言えないし、また因果関係があったとも断言できないのである。

このように、起因と現象とは非常に曖昧《あいまい》で複雑な繋《つな》がりを持っている。市橋若葉を度外視するのは、危険であるというべきではないだろうか。

殺人現場を目撃した者はいないのである。市橋若葉を見かけた青山が、いきなり彼女を殺してしまったものかどうか、誰にも判断できないのだ。

あるいは、二こと三こと、二人の間で言葉が交わされたかもしれない。

「あなたは、理恵子さんのお友だちですか?」

「いいえ、わたくしは開拓公団の者なんですけど……」

「ぼくは、理恵子さんの婚約者です」

「あら、お嬢さんの婚約者なら、ほかにいらっしゃいますわ」

こんな会話があった後に、青山は市橋若葉に襲いかかっていった。

「あなたは、ぼくの恋人だ」

「人違いしないでください」

「あなたは、ぼくを忘れてしまったんですか？」

「変なことを言うと、人を呼ぶわよ」

と、争いが始まって、青山は、市橋若葉を殺してしまった。

想像はいくらでもできる。

想像がいくらでもできるというのは、それだけ事実が限定されていない証拠である。調べる余地が、多くあるのだ。市橋若葉の父親に会ってみようと、大場は決心した。

「何を考え込んでいらっしゃるの？」

目の前で、理恵子が艶然と笑った。

大場が理恵子に対して、ある種の疑惑を覚えたのは、この夜、彼女と別れてからであった。

大場と理恵子は、一時間半ばかり『ミスズ』で飲んで、そのまま店の前で別れた。理恵子を乗せたシボレーは、すぐ闇の中に消えた。大場は麻布十番の方向へ歩きながら、拍子抜けした気持ちでいた。

《理恵子はなんのために、今夜、自分に付き合ったのか……？》

と、彼は首をかしげたかった。

新橋の喫茶店で会って、麻布二の橋の殺風景なバーで飲んで、それでさよなら——。まるで意味もない行動である。

青山のこと、という共通した話題があったから救われたが、これが普通の男女なら退屈な時間をもてあまして、アクビを連発したに違いない。

用があって会ったわけではないのだ。クリスマス・イブだけの恋人同士になろうという約束だったからには、当然、もっと楽しい時間を過ごそうとしたはずだった。

しかし、食べもせず、元気に騒ごうともせず、踊ったり笑ったりもしないで、あっさりと別れていった。デートではなく、ビジネスに近かった。

ではいったい、理恵子は何を目的に大場を誘ったのか。そう言えば、互いになにかを探り合っているような雰囲気だった。理恵子は、大場が今度の事件に、どの程度の関心を抱いているか、知りたかったのではないだろうか。

《理恵子が伊豆の下田に現われたのも、単なる偶然だったのだろうか……?》

大場は、暗い歩道を歩きながら、そう思った。

2

翌日、大場は資源開拓公団へ電話して、市橋若葉の家を訊《き》いた。公団の人事課で、すぐ教えてくれた。

市橋若葉の家は、渋谷の中通り二丁目にあった。父親は果実商だという。果物屋の店を出しているらしい。市橋果実店と訊けば、すぐわかるということだった。

大場は午後から、市橋果実店へ出かけていった。今日は、会社に顔を出さなかった。麻布十番にある独身寮から、彼は中通り二丁目の市橋果実店へ直行した。人に尋ねるまでもなく、その果実屋は歩いていただけで目に触れた。都電の通りに面した店だったし、店頭に盛られた果実の鮮やかな色合いが目立つのである。

店は平常どおり開いていた。線香の匂いが漂っているわけでもないし、黒枠の紙が貼られているわけでもない。それでいて、どことなく陰気な感じがするのは、この家の人間たちの記憶に市橋若葉の死が新しいせいだろうか。並べられた各種の果実が、そのまま三方の壁に映っていて、店の中は明るいのである。だが、店員らしい若い男の表情は、疲れ果てたように、暗かった。

「店のご主人、いらっしゃいますか？」

大場が声をかけると、店員は怯《おび》えたような目で彼を見返した。

「警察の方ですか？」

店員は言った。幾度も刑事の訪問を受けていて、誰を見ても警察の人間であるような気がするのだろう。

「いや、警察には関係ありませんが……」

大場は微笑した。

「ちょっと、待ってください」

店員は、ホッとしたように、店の奥へ引っ込んでいった。

「どちらさんですか?」

間もなく、店員より先に立って中年の男が奥から出てきた。ジャンパーに厚ぼったい前掛け姿の男で、顔の色がひどく悪かった。五分刈りにした髪の毛には、白いものもまじっている。

市橋若葉の父親に違いなかった。

「朝日建設の者なんですが……?」

「朝日建設?」

「お宅のお嬢さんを……つまり、今度の事件の加害者が勤めていた会社です」

「ああ……」

「うちの社としては、独自の立場から今度の事件の真相を調べなければならないのです」

「それで?」

「お尋ねしたいことがあるんです」

と、大場は半分正直に、半分は咄嗟《とっさ》の思いつきを口にした。

「なるほど。とにかく、ここでは何ですから奥へいらっしゃいませんか？」

市橋若葉の父親は、あっさりと大場の申し出に応じた。嫌な顔をされるのは覚悟の上だった
大場も、これでひとまず安堵《あんど》した。

店の奥は、八畳の一間に台所がついているだけだった。父娘の寝室は、二階にあったのだろう。

この八畳間の一隅に、市橋若葉の写真を掲げた祭壇ができていた。初七日がすぎるまでは、このままにしてあるのに違いない。大場は用意して来た香典を置いて、市橋若葉の写真に短い間、合掌《がっしょう》した。父親が手ずから、お茶をいれてくれた。彼は大場が身体の向きを変えるのを、待っていたように口を開いた。

「訊《き》きたいことっておっしゃるのは？」

「生前の市橋若葉さんのことについてなんです」

「娘は、青山っていう人とは、なんの関係もなかったんですよ」

大場は答えた。

と、父親はそっぽを向いた。悲しみ、疲れたという男の横顔だった。

「わかってます。表面的には、そうだったでしょう」

「表面的には？」

「あなたは、青山とお嬢さんが会ったこともない人間同士だったと、断言できますか」

「娘の口から、青山という人のことは、一言も聞きませんでしたからね」

「お嬢さんは、友だちのことなど、必ずあなたに報告なさいましたか？」

「ええ。わたしは話のわかるほうでしたから、娘は安心してなんでも喋《しゃべ》りました」

「失礼ですが、お嬢さんに恋人は……？」

「ボーイ・フレンドはいたようですが、娘はまるで子どもですね。結婚なんてことは、ぜんぜん考えていなかったようでした」

「家へ帰られる時間は、一定していたでしょうか？」

「いや、総裁秘書室に移ってからは、とても忙しいとかで、帰りが遅くなることもありましたね」

「以前からの総裁秘書ではなかったんですね？」

「今年の秋頃に、技術局から総裁秘書室に移ったんです。その辞令をもらって帰ってきたときは、栄転だ、これから重要任務につくんだって、まるで鬼の首でも取ったように大はしゃぎで喜んでいましたが。……そうそう、あれは家内の命日で……十月二十二日でしたか……母親の仏壇に線香も上げずに、喜んでいて……。考えてみると、総裁秘書室なんかに移されなかったら、今度のように……殺されずにもすんだのでしょうが……」

父親は、娘の写真を見上げて言った。

確かに父親の愚痴《ぐち》は、そのとおりだった。総裁秘書だったから、市橋若葉は夜遅く総裁邸へ書類を届けなければならなかったのだし、総裁邸へ行ったために、彼女は青山に殺されたのである。

以前のように技術局というところに所属していれば、市橋若葉はこれから先の数十年、寿命をまっとうできたことだろう。娘が栄転だと喜んでいただけに、父親としては口惜しいのに違いない。

「お嬢さんは、技術局というところにいた時分、どんな仕事をなさっていたんでしょうか?」

大場は気をとりなおして、質問を続けた。

「どんな仕事って……」

父親もわれに還《かえ》ったように、湯呑みへ手をのばしながら、首をかしげた。

「仕事の内容については、わたしどもには分かりませんが……」

「もちろん事務の仕事でしょうが、例えば地方へ出張するとか……?」

「出張はありませんでしたよ。外泊するようなことはなかったしね」

「仕事の上で、特に関係の深かった人は」

「さあ……」

「職場で親しくしている人の名前というものは、家庭でも、よく話題にするもんですが……」

「桜井さんという人のことは、若葉もちょいちょい口にしてましたがね……」

「桜井？」

「ええ」

「何者ですか？」

「桜井武司という人でね。公団の技術局にいる技師さんですよ」

「技師？」

「とても若葉のことを可愛がってくださったんですよ。若葉は、その好意を変なふうに受け取って、桜井さんを嫌っていましたがね。わたしは、そんなふうには思っておりませんでした」

「変なふうに受け取るとは？」

「若葉に言わせると、桜井さんは結婚しようという下心があるっていうわけですよ。真面目に結婚を考えてくださるなら、それも結構じゃないかって、わたしはよく娘に言ったんですが……」

「若い男なんですね？」

「いや、もう四十になるとかで、子どもさんも一人あるんです」

「すると、再婚したがっていたというわけですか?」

「ええ、奥さんを亡くされてから、五年も一人でいられたんだそうです。若い娘に再婚させるのは可哀想ですが、近頃は、結婚は形より内容だし……」

「あなたは、お嬢さんに、その人との結婚をすすめられたわけですね……?」

「いやいや、それほどまだ話が具体的になっていたわけじゃありません。桜井さんがいろいろ贈りものをくれるといって若葉がプリプリ怒っている段階でした」

「技師ね……」

「とにかく優秀な方でね、大学に残っていれば、その学問で教授になれる人だったんだそうですよ。ダムの設計の計算なんかは、大学の教授や研究室の専門家に頼むんだそうですが、そういう場合、桜井さんは必ず設計の計算に参加するんだとかで……」

「あなたは、その桜井さんという人に会われたことがありますか?」

「いや、まだ一度も……」

「顔を見られたこともないんですか?」

「ええ」

「お嬢さんの告別式にも、参列しなかったというわけですね?」

「そう言われると……告別式にも見えられなかったようですね」

と、父親はいまさらのように眉をひそめた。

「不思議な話じゃないですか……？」

市橋若葉に好意以上のものを示していた四十男、桜井武司という開拓公団の技師には、なにかあるのではないか――と、大場は思った。根拠はない。第六感である。市橋若葉の父親と会って、最も印象づけられたのが、この桜井武司という人物なのだ。

桜井武司という男は、市橋若葉の恋人でも愛人でもなかった。むしろ、市橋若葉に嫌われていたのだ。しかも、桜井武司は四十になろうという年輩者なのである。若い娘に執着して、いろいろな贈りものをしていたという。そこになにか、異常なものを感じはしないだろうか。

また桜井武司は非常に優秀な技師で、ダムの設計にも参画していたらしい。技術局から総裁秘書室に移された市橋若葉は殺された。殺したのは民間建設会社の技師、青山清一郎である。

そして、市橋若葉に押しつけがましい愛情を寄せていた男も、開拓公団の技師だった。

市橋若葉を中にはさんで、技師と技師が存在していた。しかも、その背景には同じくダムの建設が――。

「結婚したいと願って、贈りものをしたりしていた男が、なぜ、お嬢さんの告別式にも来なかったのでしょうか？」

大場は言った。桜井武司という人物を無視すべきではないという気持ちが、ますます強まった。

「それは、どうもよくわかりません……」

市橋若葉の父親は、悪いことでもしたように肩をつぼめた。もっとも、これ以上は父親に訊《き》いても仕方ないことだった。あとは、桜井武司の口から弁解を聞くよりほかはない。桜井武司と市橋若葉が、どの程度の間柄であったのかを確かめることである。それが知れたところで、事件の真相を摑《つか》めるわけではないが、一歩前進したことには違いないのだ。

最初から、理論的に推理することなど不可能だとわかっている。刑事ではないのだし、こうした経験があるわけではない。方針も計算もなかった。大場としては、ただ歩き回って、人の話を聞いて、思いつきで次の行動に移るほかに方法はないのである。いつかは結論が出る、という信念だけが必要だった。彼の現在の目標は、桜井武司という男なのだ。この人間が事件とは無関係だとわかれば、次の目標を探すだけである。

大場は、市橋果実店を出た。麻布の独身寮へ帰るつもりだった。桜井武司には夕方に電話をかけて、どこかへ連れ出す予定である。酒が入れば、四十男の口も軽くなると思ったからだ。独身寮に帰ると、冬子が大場を待っていた。冬子は管理人室にいたが、大場の顔を見ると哀しげに目を伏せた。

「部屋へ来ませんか?」

と、大場は冬子を自分の部屋へ誘った。昼間のことでもあり、人目を気にする必要はなさそうだった。

大場が室内をとりかたづけている間、冬子は窓ぎわにぼんやりと佇《たたず》んでいた。化粧はしていたが、顔に生気がなかった。何かあったな——と、大場は背後の静けさに察しをつけていた。

「わたくし、茨城県へ引き揚げます」

大場の身体の動きがとまると同時に、冬子は言った。

「みなさんで……」

そんなことだろうとは思っていたが、大場は表情だけでも驚いて見せなければならなかった。

「ええ……」

冬子は、すすめられた椅子にも腰をおろさなかった。

「そうですか……」

「東京にはいたくないって、みんなが言うもんですから……」

「あなただけでも、残るっていうわけにはいかないんですか……」

「職も住むところもありませんし、家の者が、そんなわがままは聞いてくれません」

と、冬子の身体が大場の胸に倒れ込んで来た。

「せっかく、調査も軌道に乗りかけたというのに、残念だな……」

大場は冬子の肩を柔かく抱いた。冬子の髪の毛の匂いが、大場の鼻腔《びこう》をくすぐった。

「何か、またわかったんですか?」

恥じらうように顔を伏せたまま、冬子は訊《き》いた。

「いろいろと得るところがありましたよ。市橋若葉が十月二十二日から総裁秘書室勤務になったことを初めに……」

「十月二十二日? 十月二十二日って、あの……最後の日だわ……」

不意に顔を上げた冬子が、そう言った。

3

あの最後の日——と、冬子は目を見はった。冬子が何に気づいたのか、大場には呑み込めなかった。十月二十二日は何か意味のある日であったか、彼は瞬間的に思索した。

だが、その月日に特別な記憶はなかった。

「十月二十二日に何かありましたか?」

大場は訊《き》いた。

「間違いなく最後の日でした」

冬子は大場の身体から離れた。

「何の最後の日です？」

「ほら、義兄の手帳です。義兄の手帳には、十月二十二日の欄まで、いろいろと書き込んでありましたけど、それからあとは白紙だったでしょう。つまり、十月二十二日は、メモが終わっていた最後の日なんです」

「そうか……」

大場は頷《うなず》いた。その手帳は、先日、冬子に見せてもらった、『朝日建設』と表紙に印刷されてある青山の手帳であった。冬子が記憶していたとおり、青山の手帳は十月二十二日の欄を最後にして、あとは白紙になっていた。そのことについて、大場と冬子はこんなふうに話し合ったはずである。

「なぜ彼は、途中でこの手帳を使わなくなったんでしょうね」

「ええ」

「年が変わったり、余白がなくなったりすれば、手帳というものは使わなくなりますが、まだ十分に活用できるじゃありませんか」

「気分を変えるつもりで、新しい手帳と取り替えたんじゃないでしょうか？」

「その新しい手帳というのは、みつかりましたか?」

「いいえ、……気がつきませんでしたわ」

「変じゃないですか。手帳を取り替えたなら、新しいやつが彼のポケットにでも入っていたはずですよ」

「そう言えば、おかしいですね。……お義兄さんの死体のポケットからは、何も発見されなかったそうですわ」

「十月二十三日以降、彼は手帳というものを使わないことにしたのかな」

「そんな心境の変化っていうものが、あり得るでしょうか?」

「じゃあ、誰かが、青山君の死体から手帳を抜き取った……?」

「そんなこと、考えられませんわ」

青山の手帳は、十月二十二日を最後に終わっていた。そして一方、市橋若葉は同じ十月二十二日に、資源開拓公団の技術局から、総裁秘書室に異動を命ぜられている。この月日の一致は、たんなる偶然なのだろうか。

「この符合について、どう考えますか?」

大場は、引き寄せた椅子の背を前にして、逆に座った。

「関係があると見るべきじゃないでしょうか……」

冬子もアーム・チェアーに腰を据《す》えて、膝の上で指を組み合わせた。

「ぼくもそう思います。一見して関係はなさそうに見えますがね。一方は、個人の手帳の日付けですし、片方は公団の人事異動の日付けなんですから。しかし、青山は加害者、市橋若葉は被害者ということを考えれば、これは重大な関連性と見なければならないでしょう」

「でも、この月日の一致が何を意味しているかということになると……」

「わかりませんね」

「市橋若葉さんが、この日に技術局から総裁秘書室に異動したのは、あくまでも、公《おおやけ》の命令によってでしょう。でも、お義兄さんがこの日以降、あの手帳を使わなくなったのは、お義兄さん自身の意志だったということになるんですから……」

「そうとはかぎりませんよ」

大場は、静かに首を振った。

「市橋若葉の場合、確かに上からの指示があって動いたのです。しかし、青山が十月二十二日限りで、あの手帳を使わなくなったことは、彼自身の意志によるものだとは言いきれません」

「すると、だれかがお義兄さんに、あの手帳を使うなと命令したんでしょうか？」

「ということも、あり得るということです」

「お義兄さんに、そうした指示を与えられる人物というと……？」

「もちろん、朝日建設にそうした人間がいるはずはありません。青山と密接な利害関係にある人間で、彼を支配できる立場にあった人間と考えるほかはないでしょう」

「そんな人間がいたとは思えませんわ」

冬子はうつむいて、揺り動かしている自分の足の爪先《つまさき》をみつめた。

大場も、青山の背後にそんな人物がいたということは信じられなかった。青山は朝日建設の社員である。朝日建設のほかに、彼が特異な生活の場を持っていたとは考えられない。どちらかといえば、典型的なサラリーマンだった青山なのである。

彼が映画で見るようなボスのもとで、秘かに行動していたなどとは、むしろ荒唐無稽《こうとうむけい》な想像だと言いたかった。だが、これは大場の感情の上での判断である。多くの事実から割り出して、その分析のみに頼れば、あるいは予想外の世界が生前の青山にあったのかもしれないのだ。

最初、ただたんに青山は発狂したものと考えていた。しかし、調査によって数々の事実が大場の目の前に提供されたのである。伊豆半島に広大な土地を買おうとする計画に青山が関係していたことも事実だった。青山が過去、資源開拓公団の工事である、白石ダム建設に関係していたことも事実である。そしてまた、たったいま発見した市橋若葉の人事異動月日と、青山の手帳の最後の日付けが一致していたということも、まぎれもない事実なのである。

こうした事実を把握することによって、青山の発狂を、ただそれだけのこととして見過ごすわけにはいかなくなったのだ。いや、まだ奇妙な一致がある——と、大場は気がついた。市橋若葉の父親から聞いた話の中に、もう一つ気がかりな符合があったのである。

「冬子さん、このことも、あなたにお話ししておきましょう」

大場は煙草に火をつけて、自分で吐き出した煙を目で追った。

「どんなことです？」

冬子は上目使いに大場を見やった。

「市橋若葉を殺した青山の職業は建築技師でした。ところが、市橋若葉に関係しているもう一人の建築技師がいたのです」

「どこの人？」

「資源開拓公団の技術局に所属している、非常に優秀な技師だそうです。大学に残っていれば、さしずめ教授になっている人物だそうですが、現在でも大学教授や研究室の専門家たちに依頼するダム設計の計算などにも参加しているという話でした。四十歳で子供も一人いますが、いまは独身なんです」

「その人と市橋若葉さんとは、どんな関係にあったんです？」

「どうやら市橋若葉との結婚を望んでいた男らしい。桜井武司という名で、まえまえから市橋若葉に好意以上のものを示していたそうです」

「あんな若い市橋若葉さんに……?」

「いうまでもなく市橋若葉さんのほうは、この男を敬遠していたようですが……」

「それで?」

「市橋若葉に愛情の押し売りをしていた男も建築技師、そして市橋若葉を殺した青山も建築技師、ここにも奇妙な一致があるじゃないですか」

「でも、それこそ偶然ですわ」

冬子は、小首をかしげながら言った。

「市橋若葉さんとその桜井という技師は、同じ公団の職員だったわけでしょう。同じ職場では、技師であろうと普通の事務員であろうと、恋愛が生じて不思議じゃないんですもの」

恋愛問題となると、冬子はやはり女らしい解釈をする。こと恋愛に関すると、女は理屈の介入を嫌う。例え四十男の技師が、市橋若葉に愛情を寄せたとしても、別に矛盾はないというのである。

この点に限って、冬子は大場と違った見方をしている。大場も何も建築技師が市橋若葉に求愛したことを、奇妙だと言っているのではない。市橋若葉という女が、なぜこうも建築技師に密接なつながりを持っていたかが不可解なのである。

「しかし冬子さん、けっきょくは、その恋愛は成就しなかったんですよ」

大場は言った。

「は……?」

大場の唐突な言い方に、冬子は戸惑った顔をした。

「市橋若葉は殺されてしまった……」

「ですから、その桜井という技師とも結ばれなかったのはあたりまえじゃありませんか」

「その点なんです。冬子さん流の解釈によれば、確かに建築技師が市橋若葉を愛したとしても不思議ではありません。でもそれは、市橋若葉と桜井武司が結ばれたときに言えることであって、こうした悲劇的な結果に終わった場合は、ただあたりまえだということでは頷《うなず》けないような気がするのです」

「よく意味がわかりませんけど……」

「簡単に言えば、市橋若葉は建築技師の青山に殺された。生前の彼女には男関係はなかった。ただ桜井という建築技師だけが彼女に好意以上のものを寄せていた。こうなれば、青山と桜井二人の職業が建築技師だったということは、注目に価すると思うんです」

「そこにもまた、何か関連があるというんですか?」

「そうは思いませんか。おそらく桜井も青山同様、白石ダム建設に関与していたのに違いないんです。とすれば、市橋若葉を中心にして、白石ダム、青山、桜井という配置図ができるじゃありませんか。それに加えて、市橋若葉が総裁秘書室へ移った日と、青山の手帳の日付けが一致しているという符合……」

「市橋若葉さんの死後、その桜井という技師はどうしているんでしょうか?」

「まだ、その点は調べていません。今夜にでも、桜井と会ってみるつもりなんです。どうもこの桜井という人物にも疑問があるんですよ」

「疑問?」

「愛していたはずの市橋若葉が死んでも、この桜井は彼女の家へ一度も顔を出していないんです。告別式にもこなかったそうですよ」

「告別式にも……」

冬子は眉をひそめた。若い女は、こうした矛盾点にも敏感である。

愛情に寛大である女は、その反面、愛の倫理には厳しいものである。冬子も、市橋若葉の告別式に桜井が列席しなかったということには、ひどくこだわっているようであった。

「とにかく、いまからすぐにでも桜井という技師に連絡をとってみましょうか」

と大場は腰を浮かせた。桜井のことを話しているうちに、早くこの人物に触れてみたいという気持ちが強まってきたのである。冬子の目にも、同調する頷《うなず》きがあった。

大場は立ち上がって部屋を出た。管理人室の窓を覗《のぞ》き込むと、管理人の小母さんが老眼鏡をかけて新聞を広げていた。

ひまそうでいながら、小母さんは頭に手拭いをかぶったままだった。

「電話を借りるからね」

大場が声をかけると、小母さんはそそくさと新聞をたたんだ。働き者で、のんびりしているところを人に見られるのを好まない女であった。

大場は、電話帳を調べて資源開拓公団の代表番号をさがした。

「あのお嬢さん、大場さんの恋人なんですか?」

管理人の小母さんが、湯呑みに注いだお茶を差し出しながら訊《き》いた。

「まあね……」

大場は、うわのそらで答えた。

「逃がさないようにしなさいよ。あんな綺麗な人、めったにいないんだから……」

小母さんは、大場の耳許に口を寄せて言った。

「わかっているよ」

大場は、湯呑みの茶をすすりながら、電話のダイヤルを回した。〝資源開拓公団です〟という交換台の女の声が出た。大場は、技術局の桜井に取り次いでくれと頼んだ。

「技術局の技師課ですが……」

間もなく、電話の声は若い男のそれにかわった。

「桜井さんをお願いします」

大場は言った。

「課長はいらっしゃいませんが」

若い男の口調は事務的であった。課長はいないと言ったところから察すると、桜井は技術局技師課の課長らしい。

「どこへいらっしゃったんでしょうか?」

いないと言われただけで、大場は諦《あきら》める気にはなれなかった。

「いや、今日も休暇なんです」

「休暇?」

「はあ」

「今日も、とおっしゃいましたが、昨日も休暇だったんですか?」

「いや、もう十日以上も休んでおられます」

「十日以上もって、課長がそんな長い間、休暇をとっていられるものなんですか?」

「あなたは、どちらさまですか?」

大場が執拗にくいさがるので、若い課員はムッとしたようだった。なんの必要があってそんなことにまで干渉するのか、と言いたそうである。

「ぼくは市橋若葉の身寄りのものなんですがね、どうしても桜井さんに会って、お話ししたいことがあるんです」

大場は、もう馴れている嘘《うそ》を口にした。

「市橋若葉……。ああ……」

相手の男は、すぐ市橋若葉の名前を思い出したらしい。にわかに親しみを込めた口ぶりに変わった。

「実はですね、課長の行方がわからないんです」

と、ひそめられた電話の声が言った。

「行方がわからない？」

具体的な理由もなく、大場はギクリとなった。

「居場所がはっきりするまでは、休暇ということにしてあるんですが……」

「十日も前から、行方不明なんですか？」

「そうなんです。八方へ問い合わせはしてあるんですが、いまだにわかっていません。家にはお子さんと親戚の方がいて、ひどく心配していられるんですが、連絡も入らないし、置き手紙などもないんです」

「警察へは届けてあるんですか？」

「何もわからないうちに問題を公にするわけにはいきませんから、親戚の方が内密に捜索願いを出したそうです」

「行方をくらます前の課長に、何か変わったふしは、見られなかったんですか？」

「われわれは、ぜんぜん気がつかなかったんですがね」

「そのことについて、詳しい方に会いたいんですが、どなたがいいでしょうか」

「赤坂に『川豊』という料亭があるんですがね。そこの女将《おかみ》が課長の義理の妹さんで、今度のことにはかなり詳しいようですから、その人に会ってみるといいですよ」

相手は図に乗って喋《しゃべ》ったのか、それとも、真からの親切なのか、そこまで教えてくれた。大場は礼をのべて、電話を切った。

電話を切ったとたんに、彼は疲れはてたような虚脱感を覚えた。桜井武司は十日も前から行方不明だったのである。十日前といえば、まだ市橋若葉殺しの事件も発生していなかった。

彼女の告別式に桜井が姿を現わさなかったのは、当然だったのである。その頃、彼はすでに、失踪中であったのだ。それにしても、十日以上も行方をくらましているというのは、ただごとではない。

桜井武司はどこへ消えたのか――と、大場は頭の芯《しん》を熱くしていた。

4

料亭『川豊』は赤坂中ノ町にあった。自動車教習所のまん前に、古風な冠木門を構えて、枯木の梢《こずえ》ごしに、どの窓も灯をともしていた。年末を控えて、このあたりの料亭は、どこも忘年会で賑わっていた。

道路だけが暗く、家の中には活気の盛り上がりがあるのである。

一歩脇道へはいると、そこは自家用車の駐車場と化していた。料亭の門まで客を送り出して来た女たちの嬌声《きようせい》が、あちこちで聞かれた。このあたりには、師走のせせこましさはなかった。おそらく、一年中、同じような繁盛をしているのだろう。大場が冬子を連れて、『川豊』を訪れたのは、その日の夜の八時すぎであった。電話で席を予約するとき、女将が顔を出すのは七時半すぎだということを聞いたからである。

大場は、冬子を連れてくるつもりはなかった。しかし、冬子が一緒に行くと言ってきかなかったのだ。彼女にしてみれば、明日にでも茨城県へ引き上げるのだから、せめて大場と華やかな場所に同席したかったのに違いない。大場も、強いて反対はしなかった。あるいは女連れの方が、女将が妙な警戒心を起こさないかもしれないのだ。

冠木門をくぐり、幅の広い玄関の格子戸をあけると、若やいだ声とともに三人ばかりの女が迎えに出て来た。お二人さん向きの座敷が用意されてあったらしく、大場が名前を告げると女の一人が二階の奥まった六畳へ案内した。あまり上等な座敷ではないと見えて、違い棚や床の間の造り、掛け軸なども月並だった。

「料理は適当に見つくろってください」

大場は、女にそう注文した。飲みものはビールとジュースを頼んだ。

「ここの女将の名前は、何んていうの？」

ビールを運んで来て、純情さを装うように恥じらいながら酌をする女に、大場は訊《き》いてみた。

「谷口品子というのが本名なんです」

化粧の厚い女は、口許へ手をやって答えた。

「いくつなんだろう？」

「さあ……三十二だという噂ですけど……。見たところはもっと若いですわ」

「独身なのかい？」

「ええ。でも……」

女は大場をチラリと見やって、含み笑いをした。

結婚はしてはいないが、事実上の旦那はいるという意味なのだろう。資源開拓公団の技師課員は、ここの女将は桜井の義理の妹にあたるといった。たぶん、桜井の死んだ妻の妹なのだろう。大場は、これで一応、女将についての下調べをやめておいた。あとは女将自身に会ってからのことである。料理が運ばれて来たとき、大場はいちばん手近にいた女に声をかけた。

「女将に会いたいんだが……」

「ええ、間もなくここへもご挨拶に上がりますわ」

女はしたり顔で頷《うなず》いた。

「いや、挨拶はどうでもいいんだ。女将に折り入って話があるんだけど……」

「お名指しですか……」

女は笑った。笑ってから女は、大場の言葉をどういう意味に受け取ったのか、彼の年齢や職業を観察するような目を向けて来た。

「とにかく、伝えてみますわ。忙しいから、お招きにお応えできるかどうかわかりませんでしょうけれど」

「桜井さんのことを聞きたい、と伝えてくれ給え」

大場は、出て行こうとする女の背中に、その言葉を投げた。座敷に大場と冬子二人きりになった。

「女将来てくれるかしら」

冬子がジュースのコップを手にして言った。

「桜井の名前を出しておけば必ず来ますよ」

大場は常識的な判断から、そう信じていた。谷口品子という女が、本気で義兄の行方を案じているのならば、大場と会おうとしないはずはなかった。

大場の推測はあたっていた。二十分ほどして、淡紅色の和服姿の女が作法どおりの襖《ふすま》のあけ方をして座敷へ入って来た。この女が谷口品子であることは、一目で知れた。身のこなしに、料亭の女将らしい気品と、貫禄が感じられたからだ。なるほど、女は二十七、八に見えた。大場の好みの顔ではないが、美人には違いない。日本的につくられた美貌であった。

「谷口でございますが……」

女は本名を名乗り、大場の真向いで改めて頭を下げた。大場も脇息《きようそく》を押しやって、固い挨拶を返した。それからしばらくの時間は、客として女将に接するのではないと思ったからである。

「ぼくは朝日建設の大場というものですが……」

ビールをつごうとする谷口品子を押しとどめて、大場は言った。

「事情があって、どうしても桜井さんのことについてお聞きしなければならないのです。決して悪意があってすることではありませんから、よろしくご協力をお願いしたいのです」

大場の熱意が通じたらしく、谷口品子は深く頷《うなず》いた。

「どのようなご事情で……?」

品子は、まともに大場の顔に視点を置いた。

「たぶん、ご存じのこととは思いますが、資源開拓公団の総裁秘書室に勤務していた市橋若葉という人が殺されました。そのことで、独自の立場からぼくはいろいろと調べ歩いているのです。そのうちに、桜井さんが市橋若葉に好意を寄せていたということがわかりました。それで、桜井さんにお会いしようとしたところ、十日以上も前から行方がわからなくなっているということを聞いたのです。桜井さんの部下が、詳しいことを知りたかったらあなたにお会いすればいいというものですから、こうしてうかがったわけです」

「わかりました。あなたに調べていただくことによって、義兄の行方がわかるかもしれません。わたしの知っている限りのことはお話しいたします」

品子は、緊張感を解くように小さく溜息をついた。

「失礼ですが、あなたは桜井さんの亡くなった奥さんの妹さんですか?」

大場はその辺から本題にはいった。

「はあ。義兄には実の兄弟はおりません。ですから、このところ、わたくしは毎日、義兄の家と、ここを往復しなければなりませんの」

「すると、警察へ捜索願いを出されたのも……？」

「はあ、わたくしでございます」

「桜井さんがいなくなったのは、今月の何日頃だったのですか？」

「十四日なんです。十四日は、ちゃんと勤めに出ていたそうですが、夕方六時頃公団を出て、それっきり家へも帰ってこなかったのです。ですから十四日の夕方六時、公団を出た足で姿を消してしまったというわけですね」

「何か変わった言動は見られなかったのですか？」

「それが……わたくし義兄とは一か月ほど会っておりませんでしたので、その点はよくわからないんですけれど、子供や家政婦さんの話では、普段の義兄とまったく同じだったというのですが……」

「旅行はお好きだったのですか？」

「特に好きだったわけでもないでしょうね。仕事の関係で地方への出張も多いし、それに無断で旅に出るなんていうことは、義兄の性格からいってとても考えられません」

「こんなことをお訊《き》きしてなんですが……。桜井さんの女性関係は？」

「わたくしなどは再婚をすすめた方なんですけど、あまりその気はなかったようですし、特に親しくしていた女の方が、あるとも気がつきませんでしたわ」

「市橋若葉さんのことは？」

「存じておりませんでした」

「行方不明になってからは、何かありませんでしたか？」

「何一つありませんの。ただ……」

「ただ？」

「義兄が行方不明になったこととは関係はないんでしょうけど、一つだけ、わたくし驚かされたことがありましたわ」

「驚かされた？」

「わたくし、義兄の行方を知る手がかりになるようなものはないかと思って、義兄の身の回り品を整理してみたんですが、そしたら、机の引き出しから銀行の預金通帳が出て来ました。何気なく通帳を開いてみますと、六百万円の預金額がありましたの。わたくし、これにはびっくりしました」

「六百万円……」

「なんの副業もなく、ずっと公団の技師として勤めていた義兄がどうしてこれだけのお金を貯めることができたのか、わたくしには不思議で仕方がないのです」

「人の懐《ふところ》工合というものは、第三者にはまったく予想がつきませんが、六百万円というのは、いささか大きすぎますね」

サラリーマンである大場には、実感としてそう言えるのである。月給取りが六百万円を貯めこむことは、ほとんど不可能に近いのだ。十年や二十年かかっても、それは無理に違いない。退職金をもふくめれば別だが、桜井はまだ在職中だったのである。

「義兄はお金を貯めて、この料亭の出資者になり、老後はゆったりとした気分で過ごしたいといつも口ぐせのように申しておりました。こんな将来の計画のために、お金を貯めていたということは考えられます。でも、これだけのお金をどうして手に入れたかが、わからないんです。義兄が行方不明になって、変わったことがあったかと訊《き》かれれば、このくらいのことときりお答えできませんわ」

品子は、目を伏せて、笑った。どことなく、憂いのある顔つきであった。この六百万円の預金について、これ以上詮索《せんさく》する気持ちは大場にもなかった。それだけの預金があったということであって、桜井の失踪とは大した関わり合いもないと思ったからだ。

「けっきょく、神隠しということになるのでしょうか」

ここへ来ても、期待したほどの収穫はなさそうだと、大場は思った。十二月十四日午後六時頃、資源開拓公団を出て家路についたはずの桜井が、それっきり姿を消してしまった。わかっているのは、これだけのことなのである。失踪した原因、それが桜井自身の意志によるものか、それとも第三者に強制されたのか、足どり、生死の別、何もかもが不明なのである。

「失踪当時の、桜井さんの所持金は、どの程度と想定されているんですか？」

大場は気をとりなおして、質問を続けた。

「家政婦さんの話ですと、せいぜい二万円くらいではないかということです。預金や貴重品を持ち出した形跡はぜんぜんありません」

品子は、表情を暗くした。その理由はわかっている。品子は、桜井がすでに生きていないことを予想したのである。

このとき、床の間に据えてある電話が鳴った。品子が身軽に座を立って、電話に出た。短かいやりとりをおえると、彼女は大場の方へ身体の向きを変えた。

「ちょっと、わたくしのところへ人が来ているそうでございますから、失礼させて頂きます。用がすみましたら、すぐに戻ってまいりますから……」

「どうぞ」

大場と冬子は、座敷を出て行く品子の後ろ姿を見送った。隣の座敷へ客がはいったらしく、襖越しに騒々しいくらいの饒舌《じょうぜつ》が聞こえて来た。どうやら、女ばかりの客らしい。それも水商売の女たちといった話ぶりである。

「マーさん、今夜は完全に出来上がっていたわね」

「そうかしら。マーさんって、いつもあんな調子よ」

「でも竹中さんって素敵ねえ。政治家にはよくスマートな男性がいるけど、竹中さんは特に魅力的だわ。中年の魅力って、ああいうのを言うのよ」

「竹中さんって、大臣級の実力者なんですって。でも反主流派でしょう」

「マーさんはそこへ行くと次官クラスね」

話の内容から察すると、政治家の宴席に付き合った女性たちが解放されてから息抜きに一杯飲みなおそうというところだろう。大場は聞くとはなしに、隣室の話し声に耳を向けていた。

「でも、あの人も素敵だったじゃない？　品があって、背も高くて、男性的な顔立ちで……」

「どの人？　そんなお客さんいたかしら……」

「あんまり喋らなかったから、目立たないのよ。竹中さんの左側に座っていた人……」

「ああ、原さんっていう人……」

「原さんって人なの？」

「資源開拓公団ってあるでしょう？」

「うん」

「そこの総裁よ」

「総裁なの……？」

大場と冬子は、顔を見合わせた。女たちの話の中に、資源開拓公団総裁原吉三郎の名前が出たのである。偶然とは言え、ますます隣室のやりとりに興味をそそられた。大場は思わず、身体を乗り出していた。

「今夜の主賓は、あの原っていう総裁だったのよ」

「そうだったの……？」

「財界では、ちょっとした大物だっていう話だったわ」

「金持ちとは、ますます魅力的だわ」

「でも、総裁が、何だって今夜、竹中先生やマーさんの招待を受けたのかしら？」

「その辺には、いろいろと事情があるんでしょう」

「政界へ出馬するんじゃない？」

「そうねえ。そんなふうな話も出ていたわね。竹中派として、立候補するんじゃないかな」

「総裁の任期も、あと一年とちょっとだ、なんて竹中先生が言ってたしね」

「総裁だから、政界へ出馬しても、すぐに実力者ね」

「その気十分だったじゃない、あの原さんて人……」

「ねぇ、そんなことどうでもいいじゃないの。わたしたちには無関係よ。それより、飲みましょうよ」

原吉三郎が政界出馬の準備をしているらしい——これは、大場には意外な聞き込みであった。原吉三郎は政治には、まったく関心がない人物と聞いていたし、理恵子の口からもそうした話は洩らされていなかった。

電話が再び鳴った。冬子が受話器を取った。

「え……?」

冬子は、受話器に耳を当てたまま小さく叫んだ。

「桜井さんの死体が発見されたんですって。帳場の谷口さんからよ。死後十日以上で、発見されたのは奥秩父の白石ダム付近……」

第四章　追及の道

1

冬子が再び上京してきたのは、ポストの中に年賀状が見当たらなくなった頃である。

大場は一月の十日まで会社に出勤していなかった。特別休暇をもらったのである。引き続き、青山と桜井の死の裏側にある真相を追究するつもりであった。それには、自由に行動できる時間が欲しかったのだ。

一月七日、今東京に着いたという電話を冬子からもらった。上野駅前の公衆電話から、かけているという。冬子が、家族ともども郷里へ引き揚げたのは、年の暮れも押しつまった十二月の三十日であった。大場が、冬子の声を聞くのは、八日ぶりだということになる。それなのに、彼は冬子の声をひどく懐かしく感じた。

「どうしてもお会いしたかったの……」

冬子は、つきつめたような口調で言った。

「どうかしましたか？」

大場は場合が場合だけに、冬子の突然の上京に緊張しないではいられなかった。

「いいえ、特に変わったことがあったわけではないんですけど……」

「そう」

大場は、一瞬、安堵《あんど》した。

「ただ、田舎でのんびりお正月を過ごしてはいられない気持ちなんです」

冬子の声に、甘えが加えられた。

「東京にいるぼくにしても、同じ気持ちですよ。事件の調査に少しも進展を見ないうちに、年を越してしまったのですからね」

「桜井技師の死については、警察ではどのように判断しているのですか？」

「新聞やテレビでは、桜井の事件についてあまり詳しく扱っていないので、警察当局の公な発表は知りません。しかし、ぼくが原理恵子から聞き出したところによると、どうやら自殺という見方が強いらしいですが……」

大場は、もちろんそうした判断は不服であるという含みを、言葉にこめたつもりであった。

「自殺だなんて、とても考えられないわ」

冬子も当然、桜井の自殺説に頷《うなず》くはずはなかった。

「とにかく、どこかでお会いしましょう。寮へいらっしゃいますか？」

大場は、相手の声が騒音に消されがちなのに気がついて、そう言った。

「寮へはあまり行きたくないわ」

冬子にすれば、独身寮へちょいちょい出入りするのは気不味《きまず》いのに違いない。

「じゃあ、どこにします？」

「わたくし、どこかホテルに泊まりたいんです」

「そうですか。では、麻布のプリンス・ホテルはいかがです？」

「結構ですわ」

「そこへ、いらして下さい。部屋もとっておきますから……」

「はい。じゃ、のちほど……」

と、冬子は電話を切った。

麻布のプリンス・ホテルなら、朝日建設がよくガーデン・パーティーに利用するし、多少の無理はきいてくれる。最近、東京のホテルは数日前に予約しておかないと、部屋をとれなくなった。その点で、麻布プリンス・ホテルなら、安心だと大場は思ったのである。

彼はすぐ、麻布プリンス・ホテルへ向かった。独身寮からホテルまでは、歩いて二十分とかからない。大場は間もなく、城門のようなホテルの門をくぐった。

フロントの顔見知りの女に、事情を話して是が非でも部屋をとってもらいたいと頼んだ。はたしてホテルは満員だったが、確実に予約してないシングルの一部屋を確保してくれるということになった。

大場はそのままホテルのロビーで、冬子の到着を待った。一時間ほどして、玄関前に冬子を乗せたタクシーが停《と》まった。今日の彼女は、帽子もオーバーも靴も黒ずくめであった。色白の繊細な顔立ちの冬子には黒がよく似合った。

大場は先に立って廊下を歩き、バーを通り抜けて庭園へ出た。そこへ冬子を案内するまで、一言も口をきかなかった。冬子は、荷物だけボーイに部屋へ運んでもらって、大場のあとを追って来た。

なだらかな斜面の多い庭園へ出て、二人は初めて顔を直視し合った。

「昨年中は、いろいろとお世話になりまして……」

「いや、どうも。何かと気疲れしたでしょうね」

大場と冬子は、なんとなく微笑を交わしながら、そんな挨拶をすませた。

「空が澄みきってますね」

小さな池の端《はた》に据えられたベンチに腰をおろして、大場は頭上をふり仰いだ。

「ほんと……」

冬子も大場に並んでベンチに坐りながら、青い雫《しずく》でも落ちて来そうな冬空へ、目を向けた。そんな意味もない言葉を口にするのも、互いに照れ臭さがあったからだろう。冬子が、好意以上の感情を寄せていることは、大場にもわかっていた。それだけに、八日間の空白が、かえって二人の関係を強く意識させるのである。

庭園に、人影はなかった。使用していないプールが寒々とした感じだった。外人客が多いホテルで、昼間はほとんど外出しているのである。

「最初、会社にお電話したの」

間を置いてから、顔を伏せた冬子がつぶやいた。

「そうですか……」

「会社にいらっしゃらないと聞いて、また出張かと思ったわ」

「休暇をとったんです。当分、担当する仕事の予定もないらしいし……。それに、事件の追究を諦《あきら》めてはいませんからね」

「事件といえば、桜井技師の死亡が自殺と見られたのは、どういう根拠があってのことなのかしら？」

「桜井の死体解剖の結果、睡眠薬を飲んでから首を吊ったと判断されたからです」

「遺書は？」

「あったんですよ」

と、大場は手帳をとり出した。理恵子から聞いた桜井の遺書の内容を、大場は手帳に書きとめておいたのである。

「いいですか、読み上げますよ」

彼は開いた手帳を、目に近づけた。

「この度のわたくしの失態については、弁明の余地もありません。ただお詫びするだけです。例え一命を絶っても、全てが解決されるものではありません。しかし、自責の念は充分にあるということだけは、どうかお認め下さい。桜井武司……」

「それだけ……？」

意外だというふうに、冬子が顔を上げた。

「ええ。これだけです」

大場は、音を立てて手帳を閉じた。

「宛名はなかったのね？」

「レターペーパー一枚に、これだけのことが書いてあったそうです。桜井の死体のポケットにはいっていたという話ですが……」

「筆跡は無論、当人のものだったんでしょうね？」

「その点は、間違いないという鑑定だったそうです」

「遺書があったとすれば自殺と見るほかはないでしょうけど……大場さんは、どう考えてらっしゃるの？」

「自殺だとは考えていません。何もかも偶然の一致だとしたら、符合することが多すぎますからね」

「じゃあ、この遺書は？」

「桜井自身の意志で、遺書として書かれたものと思っていないんです」

「というと……」

「つまり、桜井がほかの思惑があって書いたものを、遺書として利用したのだと言っているんです」

「殺されたと見ているのね」

「ええ。遺書にしては、第一、簡略すぎますよ。子供のことにも触れてないし、宛名も書かない遺書なんてあまりにも粗末だとは思いませんか」

「だとすると、桜井技師はどんなつもりで、そんなものを書いたんでしょう」

「それはちょっと見当のつけようもありませんが……仕事の上で何か落ち度があって、その責任について言っているということだけはわかりますね。始末書のようなもので、謝罪文を書いたという感じです」

「実際に、仕事の上で何か責任をとらなければならないような失敗をやっているのかしら？」

「それが不思議なんです。桜井の仕事となれば、当然、開拓公団の業務上のことなんでしょうが、開拓公団側では、まったく心当たりがないと言っているんですよ」

「業務上の事故や不始末なことは、何もやってないっていうの？」

「そうなんです」

「じゃ、桜井技師は何を謝罪しているのでしょう」

「ええ。どうも、わけがわからないんですが……」

「公団側で、桜井技師の大失態を機密にしているのだとは考えられません？」

「あり得ることです。公団としては事実を世間に知られたくない。桜井当人は死んでしまっている。で、この際は隠蔽《いんぺい》しようという対策をとった……充分に考えられることです。ところが、桜井の部下だった連中に当たってみたんですが、どうやら業務上の失態は何一つとしてやらかしていないというのが事実らしいんですよ」

「どうして？」

「連中はよく喋《しゃべ》りました。緘口《かんこう》令によって何か隠している時は、気配でそうだとわかります。

しかし、彼らにそんな様子は見られませんでした。彼ら自身、不思議だと首をひねっているんですからね。俳優じゃないんだから、とてもそんな演技はできないでしょう」

「理由もないのに、謝罪文を残して死んだ……という結論に達するわけね」

「例え一命を絶っても償いはつかない——と当人は書き残しているんだから、ちょっとした失敗じゃないはずなんだが……」

「桜井技師にこうした謝罪文を書かせることができる人物というと……」

「当然、彼の上司でしょうね。文章もそんな感じでしょう」

「遺書だとしたら、世間一般に謝罪していると受け取れるんだけれど……」

「桜井の上司と言えば、局長クラスなんですが、一人残らず知らないの一点張りなんですからね」

「わからないわ」

冬子は池の水面に視点を置いて、小さく吐息した。池の中で、赤いものが絶えず動き回っている。鯉である。空の青さを映した池にその朱色が鮮やかだった。

桜井武司は、奥秩父の白石ダム付近の山林で死体となって発見された。土地の老人が見つけたのである。

死体は地上に落ちていたが、現場の状況や、死体解剖の結果から見て、首吊り——つまり縊《い》死《し》を遂げたことは確実だった。

死体の真上に松の老木が枝を張っていた。その枝に切れた荒縄がぶらさがっていた。数日間は、桜井の死体は吊られたままだったのだが、そのうちに縄が切れて落ちたものと推定されたのである。

死体は死後十日以上を経過していた。桜井が勤めをおえて開拓公団を出たまま行方をくらましたのは、十二月十四日である。その日のうちに白石ダム付近まで行きつくことは不可能であるから、翌日の午後にでも現場に到着して間もなく死亡した——という推測であった。

桜井の所持品は現金一万三千円入りの財布、煙草、ライター、睡眠薬の小箱、それに遺書と思われる手紙と、これだけだった。死体のそばに空になった睡眠薬のビンとポケットウイスキーのビンが落ちていた。ウイスキーで睡眠薬を喉《のど》の奥へ流しこんだものと断定された。

「自殺だったら、首を吊ったりするより、ダムの水の中へ飛びこんだほうが簡単でしょうし、自分も楽だったでしょう」

と、冬子が言った。

「ええ。ダムの水には氷が張っているけど、飛び込めばすぐ割れるくらいの厚さで、例え泳ぎができる人でも水温が低いから時間をかけずに死ねるって、公団の連中も言ってましたよ」

大場は、再び冬子に話を合わせた。

「それに、わざわざ白石ダムの近くまで行って自殺するなんて、馬鹿げているわ」

「そうなんです。心中ではないんですから……」

「家族たちも、ふだんの桜井技師とまったく変わらなかったと言ってるんだし……」

「谷口品子の話ではそうでしたが、桜井の部下たちは十日頃から課長の態度がおかしかった、と言ってましたよ」

「どんなふうに、おかしかったのかしら?」

「ぼんやり考えこんでいる時が多かったし、顔色も悪かった。それに、ふだんは陽気な桜井が、ロクに口もきかなかったそうです」

「じゃあ、やっぱり何かあったということは事実なのね」

「もちろんです。殺されるような人間の身辺が、平穏だったはずはありませんからね」

「大場さんは他殺説に確信があるのね」

「ありますよ。桜井はね、やはり開拓公団の白石ダム建設工事の主任技師だったそうですよ。青山も朝日建設から派遣された白石ダム建設の一部工事の技師だったのです。その青山が変死して、一方では桜井も死亡していた――これを、偶然の符合と考えられるはずがないでしょう」

大場の語調に熱が加わった。

「これで、死亡者が三人になったわけね」

と、冬子が感慨ぶかげに言った。

「青山、市橋若葉、それに桜井……この三者に共通するもの、つまり関連性は開拓公団の事業だった白石ダム建設工事です」

「殺された動機がわからないわ」

「ぼくは、汚職ということを考えたんですが……」

「汚職?」

「ええ、桜井が預金していたという六百万円……この大金の出どころを結びつけると、汚職という線が浮かび上がるんです」

「すると、桜井技師や義兄が、不正な取り引きをして大金を手に入れたということになるんですか?」

「仮定ですよ、あくまで……」

「でも、汚職の相手側……桜井技師たちとの取り引きに応じたのは、どういう業者なのかしら?」

「ダム建設に関する汚職と言えば、まずセメントということが考えられます」

「セメント?」

「ダム建設には、大量のセメントを使うんですよ。その中でも岩盤に流しこむセメントの量は、地質によってそれぞれ違いますから、技師の測定で決められるものなのです。だから、百というセメントの量を算出して、それだけの予算を組んでおきながら、実際には五十の量きり使わない、といったことも可能なわけです。浮いたセメントの代価を業者と桜井たちで分配する……まあ、こんなふうな汚職も考えられるわけですよ」

「だからって、義兄や桜井技師を殺す必要がどこにあるんでしょう」

「そこなんです。ぼくがこの想定に自信が持てないのは、汚職した者がなぜ殺されたかがわからないからなんですよ」

「贈収賄の汚職なら、発覚を恐れて相手の口を封じたということも考えられますけど、関係者全員が利益を分配したなら、誰かが裏切るはずもないし……」

「ええ……」

大場は頷《うなず》きながら、行動を起こさなければならないと思った。冬子を相手に、疑問について論議を続けていても、結論は出ないのである。

大場の思考の方向が変わった。彼は時計を見やった。三時をすぎたばかりだった。こんなふうに冬子の相手をしていても、仕方がなかった。

それにしても、冬子はどんな主要目的があって不意に上京して来たのだろうか——と、大場は今になってにわかに意識し始めた。落ち着いて田舎にはいられないと、冬子は言う。その気持ちはわかるが、だからと言って冬子が東京へ来たところで新しい発展などあるはずはないのである。

若い女が直線的な行動に出るには、それなりの理由があってのことだろう。ただ落ち着けないというだけで、上京して来たのだとは思えなかった。大場は、冬子の真意を知りたかった。

「冬子さんは、いつまで東京にいられるつもりですか」

大場は、そのあたりから探ってみた。

「さあ……」

冬子は一瞬、大場に向けた目を、すぐにそらしてしまった。

「予定はないのですか?」

「わたくし、ずっと、東京にいたいような気持ちなんです」

「それは、どういう意味なんです」

と、大場はボーイに手渡した冬子の荷物が、スーツケース二個だったことを思い出した。かなりの大荷物である。

このまま東京にいたいというのは、願いではなく、すでに冬子が決心していることではないか。

冬子は自分を頼って東京に住みつくために来たのだ——と、大場は察した。悪い気持ちではなかった。冬子とは、いずれこうした間柄になるのではないかと、予感していたことなのである。

「東京で、一人で生活したいんです」

冬子は答えた。

「住むところと、就職口さえあれば、難かしいことでもないと思うわ」

「就職のお世話だったら、ぼくにもできますよ」

「お願いします。実は……わたくし、自分の預金も、全部おろして来てしまったんです」

「どうして急に、そんなことを思い立ったんです?」

「地方の小都市って、不思議なところなんです。義兄の事件を知っていて、近所の人たちは白い目で見ます。そのくせ、一方では縁談を持ちこんで来るの」

「縁談が、まとまりそうになったんですか?」

「市役所へ勤めている人……家族たちが、とても乗り気なんです……」

「あなた自身は、その人が気に入らない?」

「そういうわけじゃないんだけど……」

「じゃあ、なぜ東京へ逃げて来たりするんです?」

「大場さんって、残酷な質問をされる方なのね」

冬子は唇を嚙んだ。すねるような、恥じらうような表情が、彼女の横顔にあった。冬子の言葉は、一種の愛の告白である。大場を愛しているからには、ほかの男と結婚する気になれるはずはないと、彼女は言っているのだ。

「さあ、バーで何か飲みましょう」

立ち上がりながら、大場はふと冬子との結婚を考えていた。

2

大場と冬子は、ホテルのバーで二時間ほど雑談をした。話題は主に、冬子の家庭や過去の小さな出来事についてであった。事件から離れて話し合っていると、やはり二人は互いに独身の男女であることを意識した。話が弾《はず》んで楽しかった。

五時すぎになって、冬子の部屋で食事をしようということに話がまとまった。フロントで鍵を受け取り、ボーイに部屋へ案内してもらった。

シングルだから、当然小部屋であった。だが、窓が庭園に面していて、部屋も清潔そうな感じだった。静かだから落ち着けるに違いないと、大場は思った。軽い食事のルーム・サービスを頼んで、二人は向かい合いのアーム・チェアに腰を沈めた。

「ベッドが一つなのに、椅子が二つあるわ」

と、妙なことに気がついて冬子は笑った。すっかり二人の仲が、うちとけたようである。互いに感情が通じ合い、身の上話などすると、わずか数時間のうちにこうも親しく接することができるのだろうかと、大場は内心首をひねっていた。

「ぼくたちみたいな客もいるからね」

大場はそう言ってから、言葉まで馴《な》れ馴れしくなっているのに気がついた。

「そうそう、わたくし、こんなことを思いついたの」

冬子がベッドの上へ脱ぎ捨てたオーバーへ手をのばした。

「どんなことです？」

「義兄の手帳にあった、例の〝B〟という記号なんだけど……」

冬子はオーバーと一緒に引き寄せたバッグの口を開いて、中から純白の封筒をとり出した。

「これなんだけど……」

「何です？　これ……」

「銀行の封筒よ。お金をおろしに行った時、現金を入れてくれた封筒なの」

「その封筒が、〝B〟という記号と関係しているんですか？」

「この封筒を見て、思いついたことなのよ。ほら、これ……」

と、冬子は封筒の隅を指先で示した。そこには、銀行の名称が日本字とローマ字で印刷されてあった。

「それが、何ですか？」

大場には、まだ冬子の言わんとすることが呑みこめなかった。

「BANKよ」

「バンク？」

「つまり、銀行っていうこと。バンクの頭文字は〝B〟でしょう」

「青山の手帳にあった〝B〟が、バンクの〝B〟」

「義兄の手帳には、〝B〟のあとに必ず数字がつけてあったでしょう」

「ええ」

「あの記号は、その日銀行へ幾ら幾ら預金したという意味じゃないかしら……と、考えてみたの」

「いい線だ、冬子さん」

大場は叫ぶように言った。

あり得ることである。『B一〇〇』とあれば、それは銀行に百万円を預金したという意味なのだ。そんなことを、手帳に記号でメモしておく人間は、決して珍しくない。

「そうと断定しましょう」

大場はもう一度、大きく頷《うなず》いた。

「でも……」

冬子は二度三度、続けて頭をかしげた。

「それだけの預金があったとしたら、当然、姉も知っていたはずでしょう？　ところが姉は、銀行には預金してなかったというの。郵便局の貯金通帳ならあるって……」

「お姉さんには、秘密にしてあった預金かもしれませんよ」

「だって、預金通帳が……」

「会社に置いてあるってことも考えられます。私物はいちおう整理して、お姉さんに渡してありますけど……青山のロッカーは、鍵がないので、まだ開いてもみてないんです。ロッカーの中には、普通、大したものは入れません。オーバーとかレイン・コートを入れますが帰りにはまた着て行きますからね。それで、ロッカーはまだそのままになっていますが、調べる必要はあるな」

大場は、今夜のうちにでも会社へ行って、青山のロッカーの中を調べてみようと思った。

「だけど、義兄が姉には秘密で、そんな大金を銀行に預けていたなんて、ちょっと想像できないな」

と、冬子は自分で言い出しておきながら、今度は否定的になっていた。やはり、姉の夫だった男を、悪人とは見たくなかったのに違いない。

しかし、大場にしてみれば、そんな思いやりに左右されたくはなかった。青山が不正な手段で大金を手に入れたということも、容赦《ようしゃ》なく指摘しなければならなかった。

「桜井が、同じように、周囲の者は知らない六百万円の隠し預金をしていたことを思い出して下さい」

大場は言った。

「汚職が、義兄の場合にも当てはまるというわけ？」

「汚職かどうかは知りませんが、不正な金を手に入れたことには違いないですよ」

「その預金通帳が見つかれば、そう考えるほかはないけど……」

「冬子さん、もう一つ青山が大金を隠し持っていたことの裏付けがありますよ」

指が熱くなるほど短くなった煙草を、灰皿に投げこんでから、大場は言葉を口にした。

「どんな裏付け……」

と、冬子は不安そうに目を動かした。

「伊豆の土地を買うつもりでいたことですよ。青山は伊豆に土地を買えるだけの金を持っていたんだ」

「でも、あの話は……」

「そう、青山が某事業家に頼まれたことになっているし、話は中止になったと土地会社の課長も言っている。ぼくたちも、精神異常者の青山がやったことだと解釈した。しかし、桜井が六百万も預金していたと知り、今あなたの〝B〟についての思いつきを聞いて、ぼくの考えは変わった」

「義兄は、本気で伊豆に土地を買うつもりでいた？」

「そうですよ」

「じゃあ、他人に頼まれてやったことだ、話は途中でこわれた、というのはどうなるのかしら？」

「土地会社の課長が、誰かに命令されて、そう答えただけなんだ」

「命令したのは？」

「それはまだ……」

と、大場は言葉を濁した。彼の脳裡《のうり》には、原理恵子の顔があった。彼女と伊豆の下田で会ったのは、どうやら偶然ではなかったらしい。もう一度、原理恵子に会ってみなければならないと大場は思った。

しかし、そのことを彼は口にしなかった。原理恵子と下田で会って、東京まで車に乗せて来てもらったことを、冬子には話してなかったのである。今になっては、少しばかり話しにくいことだった。

「これで、桜井と青山の関係がはっきりしましたよ。二人は一つ穴のムジナだったわけです。いいですか、二人の間にはこれだけの共通点があるのです」

大場は部屋に備えつけのペンとメモ用紙をテーブルの上に運んで、冬子に言った。冬子はメモ用紙を覗《のぞ》きこんだ。

一、職業
青山　朝日建設の技師
桜井　資源開拓公団の技師
二、仕事の関連
青山　白石ダム建設工事に参加していた
桜井　白石ダム建設工事の責任技師
三、市橋若葉との関連

青山　若葉を殺した
桜井　若葉に結婚を申し込んでいた
四、隠し預金
青山　大金を銀行に預けていた形跡がある
桜井　六百万円の銀行預金があった
五、死亡
青山　昨年十二月に自殺
桜井　昨年十二月に変死

大場は、ペンを走らせて、メモ用紙にこのように書いた。

「これで、ぼくがとらなければならない行動が四つほど決まったわけです」

大場は顔を上げて言った。

「四つ……」

「まず、青山の預金通帳を見つけ出すこと。それから下田の土地会社の外務課長に会うこと。白石ダムへ行くこと。そして、開拓公団の原総裁に面会を申し込むこと。この四つです」

大場は、身体の芯《しん》に力がこもったような気がした。雲間から日射しが明るい光線を投げかけて来たようである。彼は、確信というものを覚えた。

大場は食事をすませると、すぐホテルを出た。築地の朝日建設本社へ行くのである。冬子が一緒に行くとせがむのを、彼は押しとどめるのに苦労した。勤務時間外の会社へ、冬子を連れて行くのは守衛の手前、拙《まず》いことだった。

大場はタクシーで築地へ向かった。朝日建設の正面入口に立ったのは、七時前であった。無論、社屋のビルは闇に溶けこんでいた。明るい窓は一つもなかった。正面玄関脇の受け付けで、監視員が一人、所在なさそうに蛍光灯の光線を浴びていた。

「ちょっと、頼みがあるんだけどね」

大場は監視員に声をかけた。

「ああ、大場さん……。今頃どうしたんです?」

監視員は帽子をとって短い銀髪の頭をなで回した。

「技師室の部屋をあけてもらいたいんだ」

「忘れものですか?」

「いや、探しものなんだ。それからハンマーがあったら、貸して欲しいんだがな」

「承知しました」

年老いた監視員は手間をかけてハンマーを探し出すと、鍵の束をさげて大場の先に立った。

こんな時間に会社に出入りするのは、初めての経験であった。無人の社屋は、気味が悪いほど静かだった。

監視員は技師室のドアをあけると、そのまま引き返して行こうとした。大場が慌ててそれを引きとめた。

「立ち会ってもらいたいんだ」

「そうですか……」

「ロッカーの鍵を叩きこわすんだからね」

大場は、青山のロッカーにかかっていた南京錠をめがけてハンマーを振りおろした。ピストルでも撃ったような音が、廊下に響き渡って、余韻を残して消えた。彼は幾度も、この動作を繰り返した。南京錠がこわれるまでには、五回以上も右腕を痺《しび》れさせなければならなかった。

大場はロッカーの中を覗き込んだ。古いズック靴が入っているだけで、何も見当たらなかった。彼はズック靴をどけてみた。

そこに、ビニールの風呂敷に包んだ四角いものが、ひっそりと置かれてあった。風呂敷包みの中身は、間違いなく預金通帳と印鑑だった。大場は震える手で、預金通帳を持った。通帳の名儀は『大場明徳』となっていた。

3

預金の額面は千二百万円であった。百万円ずつ六回、六百万円が一回、計七回に分けて預け入れられていた。明らかに隠し預金である。その証拠に、預金通帳の名儀は『大場明徳』となっているではないか。これなら銀行関係を調べても、青山が多額の金を預け入れしていたということはわからない。青山としては手近の人間である大場の名前が使いやすかったのだろう。

預金通帳を、こうして会社のロッカーなどへ投げ込んで置いたことにしてもそうである。青山は千二百万円の預金に関しては、妻にも知られたくなかったのだ。そのためには、自分の身近な所へ置いておくのが最も安全ではないか。青山が生きている限り、彼のロッカーをかってに開けたりする者はいない。また、ロッカーの中に額面千二百万円の預金通帳が入っているなどとは、誰が想像するだろうか。

大場はその足でプリンス・ホテルへ引き返した。預金通帳を見せると、冬子は顔色を変えた。大場の予想どおりの結果が、あまりにも早く目の前に示されたからだった。そして、この際の隠し預金は、青山の罪と結びつくのである。冬子は青山の手帳と預金通帳とを照らし合わせていたが、やがて深々と溜息をついた。

「一致しているわ……」

冬子は小さく呟《つぶや》いた。

「お金を預け入れしている日と、手帳に〝B〟と記されている日は、同日あるいは一日違いになっているわ」

「冬子さんの〝B〟はBANKの頭文字だったという思いつきは、間違っていなかったわけですね」

大場は窓ぎわに立って、やたらと煙草《たばこ》の煙を吐き散らしていた。彼としても、複雑な気持ちだったのである。青山の過去の汚《けが》れを、大場は自らの手で暴いていくのだ。それが義務であるような、また裏切り行為であるような、大場の胸の奥には迷いがあった。

「問題なのは、義兄がこれだけのお金を何によって誰から得たかね？」

「桜井の場合と、まったく同じだったと考えていいでしょう」

「桜井さんの隠し預金は、たしかに六百万円だったわね。義兄の半分の額だけれど、この違いは何を意味しているのかしら？」

「桜井の場合は、すでに半分の六百万円は使ってしまったと見るべきだな。二人の技師が不正な行為の報酬として得た金は、均等に配分されたはずだから……」

「義兄のほうは、そっくりそのまま、ためこんだというわけね」

「ぼくはこれで、いよいよ下田の土地会社の外務課長に、もう一度会う必要性が強まったと思うな」

「義兄はこのお金で、伊豆に土地を買うつもりだったとおっしゃりたいの？」

「そうですよ。青山が土地を買おうとしたこと……あれは、本気でやったことなんだ」

「とすると……」

「ええ。青山が土地を買いこもうとするのを止めた人間がいた。その人間が、伊豆の土地会社の外務課長に因果を含めて、青山の話は途中でご破算になったのだとか、青山自身が買うのではなく、某事業家に頼まれて土地を探していたのだとか、嘘をつかせたのだ。そうに違いありませんよ」

「なぜ、義兄に土地を買わせたくなかったんでしょうか？」

「土地を買えば、銀行預金のように偽名《ぎめい》を使ってすむというわけにはいかない。不在地主ではあっても、税金が青山にかかってくる。そうなれば、広大な土地を持っているということが、明らかにされてしまう。まず奥さんに知れてしまうでしょう。その結果、それだけの土地を買う金を、どこから入手したかと詮索《せんさく》されることになる。だから、土地を買うという青山を思い止まらせたのでしょう」

「もしそれが事実だとしたら、その人間が義兄や桜井さんに莫大なお金を贈与した本人だということになるわね」

「そのとおりです」

「大場さんてずいぶん自信がありそうだわ。義兄に土地を買わせなかったという人間について、見当でもついているの」

「ええ……」

大場はここで、伊豆の下田で原理恵子に出会い、東京まで彼女の車に同乗させてもらったことを冬子に打ち明けなければならないと覚悟した。

「開拓公団の原総裁のお嬢さん……」

大場は冬子から視線をそらして言った。

「ええ。理恵子さんという人ね」

冬子は素直に聞き手にまわった。

「実は……ぼくは下田で、あの原理恵子と会ったんです。もちろん、偶然でしたが……」

「伊豆の下田で？」

「ぼくは下田にある土地会社の外務課長に会いに行ったんです。外務課長は青山が土地を買おうとしていた話を頭から否定しました。青山は親しい事業家に頼まれて伊豆に別荘地を探していた。しかし、その話も途中でだめになりました。外務課長はそう言うんです。ぼくは彼が事実を言ってはいないと見てとりました。そして、その帰りに伊豆急の下田駅前で原理恵子に会ったのです。彼女は、父親の車を借りてドライブに来ただけだと言っていましたが、それにしても偶然がすぎるような気がするんです。東京で出会ったというならとにかく、ぼくと原理恵子が伊豆の下田で顔を合わせるなんていう機会は、まさに千載一遇《せんざいいちぐう》のものですからね」

「じゃあ、原理恵子が、あなたの先回りをして、土地会社の外務課長の口を封じたというわけ？」

「先回りしたのかどうかはわかりません。青山があんなことになって、誰かが生前の青山の行動に関心を抱くかもしれない。青山が土地を買おうとしていたということを、嗅ぎつけられるおそれもある。それで早いところ手をうって、土地会社の外務課長の口を封じてしまった。あの外務課長は、欲の深そうな、あまりたちのよくないという感じの男です。金の力で動かせる人間ですよ。おそらく、金を与えて外務課長を黙らせたのでしょう。そうした直後へ、ぼくが出かけて行った。時間ぎりぎりのすれちがいというわけです」

「でも、原理恵子は何の必要があってそんなことをするんでしょう」

「原理恵子は自身の意志にもとづく行動ではないと思います。彼女は代理だったんだ。本人が伊豆の下田まで出かけて行けばめだってしまう。それで原理恵子に代行させた。若い女なら、伊豆の下田までドライブに来たと言っても、少しも不思議ではありませんからね」

「その本人というのは？」

「断言するのは危険なことですが、ぼくは開拓公団の原総裁だと思っています」

「えっ……？」

「原総裁は、重要なポストを占める著名な公人です。彼の身辺には、常に報道陣の目が光っている。だから、かってな行動はとれない。それで、娘の理恵子に指示どおり実行させた。そうとしか考えられません」

「だけど大場さん、原総裁が義兄や桜井さんに大金を贈与したというのは、変じゃない？　総裁は何のために、二人にそんな大金を渡さなければならなかったの？」

「その点は、想像もつきません。しかし、いずれはわかることです。伊豆の土地会社の外務課長の口を割らせて、その結果しだいでは、原理恵子に泥を吐かせます。最後の手段として、原総裁に面会を求めることも考えていますから……」

冬子の疑問はもっともである。そして、大場が見当のつけようがないというのも無理はなかった。大場にしてみれば、自分の想定には一応の筋が通っていると信じたい。確かに、青山と桜井は、ある人間から多額の金を贈与され、しかもその大金を公に消費することを禁じられていた、という大場の推理は当を得ているようである。

しかし、そのXなる人物に開拓公団の原総裁をあてはめると、大きな矛盾が生ずるのだ。原総裁が公団の一職員である桜井に何百万円という金を支払わなければならない義理はないし、相手が青山となればなおさらであった。かりに、白石ダム建設をめぐって施行責任者である原総裁と技術面の総指揮者桜井、現場の技師青山との間に、何らかの形で取り引きが行なわれたのだとしても、そこで金銭のやりとりが行なわれたという設定は、成り立たない。

「とにかく、南伊豆観光土地商事の外務課長に会うことだ」と、大場は独り言のように呟いた。

「こんどこそ、わたくしも一緒に行くわ。そうでないと、またきれいな女の人に誘われて、車に乗せて貰ったりするから……」

冬子はそう言って、目で笑った。

4

翌日、大場と冬子は朝早くから伊豆の下田へ向かった。先日、大場一人で下田へ行ったとき、伊東で電車を降りたとたんに、冬子を誘って一緒に来るべきだったと後悔したものである。南伊豆の東海岸沿いに、冬子と二人で車を走らせたらと思ったのだった。今日は、その埋め合わせができる。したがって、大場は伊東から下田まで車をとばすことにした。

「すばらしいわね」

と、はたして冬子は連発した。冬子と大場が知りあってからは、どちらかといえば暗い日々の連続だった。冬子と大場は、何ものも侵入してこない二人だけの世界にいたことはなかった。二人だけで時間を過ごしても、そこには必ず陰鬱《いんうつ》な思索がつきまとっていた。だが、今日の冬子は、彼女本来の姿に立ち返ったようである。くったくのない笑顔を見せて、少女のように大声をあげた。ハイヤーの運転手から見れば、二人はドライブを楽しむ恋人同士と見えたに違いない。

天候も良かった。絶好のドライブ日和である。冬という感じはしなかった。雲も夏のそれのように白く、空と海を柔らかな日射しがつなぎ合わせていた。気候から言っても、南伊豆は春を迎えているのかもしれない。

「運転手さん、実は頼みがあるんだが……」

白浜という所を過ぎたあたりで、大場が運転手に声をかけた。

「はい……」

四十年輩の赤ら顔をした運転手は、大きな声で返事をした。

「ぼくたちは下田へ遊びに行くんではないんだ」

「はあ……」

「土地会社の外務課長に会いに行く。その外務課長は、土地の売買のことでぼくに嘘をついたんだ。ぼくは、その男に本音を吐かせたい。それで、少々手荒なことをするかもしれないけど、運転手さんには静観していてもらいたいんだ」

「お客さん、わたしはハイヤーの運転手ですよ。お客さんを乗せた車を運転する、これがわたしの商売です。自分の仕事以外のことには、あまり興味を持たないたちでしてね」

運転手は横顔を見せるようにして振り返ると、にやりと笑った。なかなか話のわかる男である。

「大場さん、そんな乱暴なことをするの？」

と、冬子が心配そうに訊《き》いた。

「ときと場合によってはですよ。ぼくは暴力は好きなほうじゃない。しかし、このさい、あの外務課長がほんとうのことを言うかどうかに、すべてがかかっている。仕方がないじゃないですか」

大場は、そう言っているうちに頬のあたりが硬《こわ》ばってくるのを覚えた。緊張感が、胸を締めつける。とにかく、あの外務課長が突破口なのである。そう考えると、大場の胸のうちは固くなるのであった。

正午前には、下田に着いた。『南伊豆観光土地商事』まで行く道順は、まだはっきりと記憶していた。大場は運転手に道順を指示しながら、『南伊豆観光土地商事』の真ん前で車を止めさせた。相変らず、のんびりとした土地会社の事務所風景だった。

土間に事務机を並べて、見覚えのある三人の事務員たちが、ひっそりと顔を伏せているのも、この間とまったく同じであった。ただ違うのは、事務所にもう一人の人間がいたことである。

それは、あの久保井という外務課長であった。久保井は、立ったまま机の上を覗き込んでいた。

事務所の前に大型車が止まった気配に気がついて、久保井は顔をあげた。彼の視線と、車のドアを開けようとした大場のそれとがからみ合った。久保井は、驚いたように〝あっ〟と口を開き、それからあわてて顔をそむけた。大場は、車を降りた。久保井が二階へ通ずる階段を昇ろうとしている。『無断で二階へ上がらないで下さい』と、貼り紙がしてある階段だ。

久保井に、二階へ上がられてしまってはやっかいである。大場は、事務所の中へ駆け込んだ。

「久保井さん！」

大場は久保井の背中へ鋭く声をかけた。久保井の肩が震えた。

「何ですか？」

久保井は恐る恐る首を捩《ねじ》向けてから、ふてくされたように唇を歪《ゆが》めた。

「話があるんです。もう一度付き合ってください」

大場は、自分に集まっている事務員たちの視線には頓着《とんちゃく》せずにいった。

「わたしは、あなたに用はない」

久保井は胸をそらせた。虚勢を張っているのだ。正直なのは、彼の顔色だった。壁土のように色変わりしていた。

「とにかく、来れば話は簡単にすむ」

大場は高圧的な態度に出た。地方の小さな会社の課長などというものは、下手に出ればつけあがるばかりだ。久保井も、金と権力には弱いはずだった。そういう人間には、頭から覆い被《かぶ》さったほうが効果はある。

「わたしは、忙しいんですよ」

ここから絶対に動かないというふうに、久保井は階段の手摺《てすり》に腕をかけた。

「久保井さん、この人は青山清一郎さんの妹さんですよ」

大場は、背後に佇《たたず》んでいる冬子を指さした。

「えっ……」

久保井は目を伏せた。青山の身内の人間と聞いて、久保井は鮮やかな反応を示したのである。

「だから、話し合いに応じてください」

大場は一歩、二歩、階段の下に近づいた。

「青山さんていう人には、わたしは無関係だ。親が来ようと妹さんが来ようと、会わなければならない義理はない」

久保井は激しく首を振りながらいった。その久保井の右腕を、大場が掴《つか》んだ。強い力で引き寄せると、久保井はのけぞるようにして階段の下に尻もちをついた。事務員たちが総立ちになった。

「何をするんだ！」

久保井は大声でわめいた。部下たちが見ている前で、このような屈辱を強いられたのは初めての経験だったのだろう。久保井は唇の色までなくしていた。

「いいから来るんだ」

大場は、久保井の腕を取って引き起こした。彼はそのまま外務課長を事務所の外へ連れ出した。冬子が車のドアを開けて待っていた。

「冬子さん、あなたは助手席に乗ってください」

大場は冬子にそう命じておいて、久保井を後部の座席に押し込んだ。

「運転手さん、頼みますよ。その辺を走ってくれればいいんです」

大場はドアを閉めながら、事務所の方を眺めやった。事務員たちが入口に並んで、こっちを見ていた。呆気《あっけ》にとられた顔つきである。事務員たちには、何が何だかわけがわからないのだろう。しかし、彼らにしても馬鹿ではあるまい。課長が連れ去られたと警察に連絡するかもしれなかった。簡単に見つかる心配はないまでも、できるだけ早く久保井の口を割らせて彼を解放しなければ、大変なことになりそうだった。

「誘拐だ。お前たちを、警察へ突き出してやる」

車の中で、久保井はしきりとどなっていた。だが、運転手は知らん顔をしている。車は速度を増して、かなり広い道路を走り続けた。

「この道、どこへ行くんですか？」

助手席にいる冬子が、運転手に訊《き》いた。

「これは下田街道ですよ。天城を越えると、三島へ出ます」

運転手は、事務的に答えた。

「久保井さん……」

大場は久保井のほうへ、身体の向きを変えた。

「あなたは今、ぼくたちを警察へ突き出すと言いましたね」

大場は、自分の顔も冷たくなっているのに気づいていた。

「あたりまえだ」

久保井は、大場の顔の前で唾《つば》を飛ばした。大場は、まともに口臭を嗅がされて鼻柱に小皺《こじわ》を刻んだ。

「まるで、暴力団じゃないか。人を力ずくで、連れ出すなんて……」

「警察へ届けることは、いっこうにかまいませんよ。しかし久保井さん、あなたも叩けば埃の出る身体じゃありませんか？」

「どういう意味だ」

「あなたは、人殺しの先棒をかついでいるんだ」

「人殺し？」

久保井は、目をまるくした。嘘のない表情である。どうやら、久保井は口止めされているだけで、事件に深い関係はなさそうだった。

「青山清一郎は、殺されたんだ」

青山は殺された——と、大場が断定的に言ったのは初めてである。冬子も驚いたらしく、身体ごと振り向いた。これは別に、大場のはったりではなかった。彼としては、今日まで自分が辿《たど》って来た道を改めて吟味《ぎんみ》してみると、青山の死を他殺と結論づけないではいられないのだ。彼は、桜井もまた殺されたのだと判断している。市橋若葉も、青山に殺されたことになっている。青山だけが自殺したというのは、どうも腑《ふ》におちないのである。

この三人の死の周囲には、一つの流れがある。表面的には、死んだ三人とは特に深い関係にはないと見られていながら、実は彼らの生命を把握している人間の動きがあるのだ。言い替えれば、この三人の死を演出した第四の人物がいる——と、大場は見ているのである。だとすれば、青山の死も他殺だったと考えなければならないのではないだろうか。

「わかりますか、ぼくの言っていることが……。青山清一郎は殺されたんです」

自分の推測に自信を持たすように、大場はもう一度繰り返して言った。

「だから……だから、何だと言うんだ。青山という人が殺されたんであろうとなかろうと、わたしには無関係だ」

一度静まった風が再び吹き荒れはじめたように、久保井はがなりたてた。

「まったく関係がないといえますか?」

大場は冷ややかな眼差《まなざ》しで久保井を見つめた。

「いえるとも。わたしは伊豆の土地会社の課長だ。青山という人は一度土地を見つけてくれと頼みに来た。ただそれだけの付き合いじゃないか」

「現象だけを捉《と》らえれば、たしかにそうだ。青山は土地の斡旋《あっせん》をあなたに頼んだ。あなたはそのために努力した。いわば商談で、二、三度顔を合わせただけだろう。あなたが目黒にある青山のアパートを訪れたのも、職業的な外交辞令からだった。それでいい。しかし、あなたは裏側でも、一つの取り引きをした」

「わたしは知らない」

「十二月二十三日、ぼくがお宅の会社に顔を出す直前、若い女の訪問者があった。その若い女は、あなたに面会を求めた」

「でたらめはやめろ。わたしは、そんな若い女に面会を求められた覚えはない」

「若い女はあなたにいった。誰が来ても、例え警察から証言を求められても、青山が土地を買おうとしていたことは黙っていてくれ。あれは、某事業家に頼まれて青山が土地探しに奔走したのだ、しかもその話は壊れてしまっている、ということにしておいてくれ。その代わりに、あなたには十分にお礼をする……」

「嘘だ。あんたは、気違いじゃないのか。まるで夢みたいなことをいっている。いい加減にして、わたしを帰してくれ」

「久保井さん。あなたは、その若い女からいったい幾ら受け取ったんですか？」

「知らないものは知らないのだ。会ったこともない女から、金を受け取るはずはないじゃないか」

「つまり、金を受け取ったわけですな。謝礼金は五十万……いや、百万かな。それとも、二百万……」

「おい運転手、車を止めろ！　おれをおろしてくれ」

久保井は、走っている車のドアに手をかけた。黙っていれば、本気でドアを開けそうだった。大場は、久保井の襟首《えりくび》に手をかけた。左手では、ネクタイを引っ張った。シートの上に、久保井の上体が倒れた。その頬へ、大場の平手打ちが飛んだ。車の中に、乾いた音が響いた。

「さあ、言うんだ」

大場は、久保井の首を締めあげた。どうしてこのような荒っぽい手段を選んだのか、大場自身にもわからなかった。彼も、興奮しているのである。ただ、腹が立って仕方がないのだ。一度、憎いと思うと、生理的な嫌悪感までが腹立たしさにかえられるものだ。大場は、久保井の口臭の強いことにも怒りを覚えていた。

「他人が土地を買おうとしたのを、なぜ隠そうとするんだ。あんたは、それが不思議だとは思わなかったのか。それとも、理由などどうでもいいから、ただ謝礼金が欲しくて承諾したのか。いいか、その若い女は青山に一万坪の土地を買うという意志があったことを世間に知られたくなかったんだ。だから、あんたの口を封じようとした。なぜだ。その女は、なぜそんなことをしなければならなかったんだ。この事実を知れば、手を拱《こまね》いてはいないぞ。もし、あんたがどうしても言いたくないのなら、話を警察へ持ち込んでもいい」

大場は、オーバーの前をはだけ髪を乱して久保井を責めつけた。冬子が蒼白な顔でそれを見守っていた。

「待ってくれ……」

起き上がろうと踠《もが》きながら、久保井が呻《うめ》いた。

「本当のことを言うんだな？」

久保井の身体から大場は手を離した。

「おれは確かに若い女からそのことを頼まれた。しかし、人殺しについては何も知らんぞ。おれはただ、頼まれたとおりにしただけなんだ」

シートに座り直して身繕《みづくろ》いしながら、久保井はまだ高姿勢だった。

「そんなことはどうでもいい。ぼくの質問に答えてくれれば、あんたの存在は忘れるよ」

大場は震える指先で、煙草を出して口にくわえた。

「質問してくれ。おれには、どういうふうに話したらいいのかもわからない」

大場に勧められた煙草を一本抜き取って、久保井はまだ荒い息づかいだった。

「その若い女は、いまぼくが言ったとおりのことをあんたに頼んだんだな？」

「そうだ」

「その女は、自分の名前をちゃんと告げたのか？」

「名前は言わなかった。青山さんの知り合いだと言って……青山さんは実は精神異常者だった、青山さんがあちこちで奇妙な行動をとったことを世間に知られたくない、だから、土地を買おうとしていたなどということは、いっさい内緒にして欲しい、その代わり、口止め料は払うから……。女はそう頼みこんで来た」

「女の顔を覚えていますか？」

肩で吐息してから、大場は言った。大場も、どうやら冷静さを取り戻していた。言葉つきも、もとどおり穏やかになった。

「会えばわかるだろう」

と、久保井も思い出したように煙草を口へ運んだ。

「グリーンのオーバーを着て、コバルトブルーのシボレーに乗って来たはずだが……」

「いや、車には乗って来なかった。しかし、グリーンのオーバーは着ていたような気がする。オーバーの下に着ていた洋服は、赤っぽかったようだが……」

「うん……」

大場は、満足そうに頷《うなず》いた。やはり、久保井を訪れた若い女は、原理恵子に間違いないようである。あの日の原理恵子は、朱色のスーツを着て、グリーンのオーバーを肩からはおっていた。オーバーと洋服の色は完全に一致した。久保井は、原理恵子が車に乗って来なかったと言っている。たぶん、あのシボレーは『南伊豆観光土地商事』の事務所から離れた所に止めてあったのだろう。

「女から貰った、謝礼金の額は？」

「それは……」

「絶対に他言はしない。参考までに聞いておきたいんです。謝礼金の額を聞けば、口止めしなければならなかった必要度が、どの程度のものか計算できますからね」

「五十万円だ」

久保井は、憮然とした面持ちで答えた。

「どうもありがとうございました。これで、話はすんだのです。どこまでお送りしますか？」

そう言って、大場は微かに笑った。

「たったこれだけのことか……」

久保井は、唾を吐きたいといった顔つきだった。

「そうですよ。たったこれだけのことを、あんたは言いたがらなかった。お互いに時間を無駄にして、骨折り損をしたようなものです。それから、念のためにつけ加えておきますが、あんたはぼくに秘密をもらしたからといって、女からもらった謝礼金を返す必要はないんですよ」

大場としては、意気消沈している久保井を慰めるつもりだったのだが、久保井は黙っていた。彼は恥じらいを隠すように、手で鼻のまわりを撫でまわした。気持ちが落ち着いて、いまになって、謝礼金のことを持ち出されるのはさすがに照れくさいらしい。

「下田へ戻って、了仙寺の近くまで行ったら、そこで降ろしてもらおうか」

大場の気をそらせるように、久保井は言った。

「運転手さん、お聞きのとおりだ。下田へ引き返してくれませんか？」

大場は、運転手の肩を軽く叩いた。

気がついて見ると、窓の外の風景はだいぶ鄙《ひな》びたそれになっていた。左手に山の起伏が見え、右側に川の流れが望見できた。『蓮台寺』と書かれた看板が道端に立っていた。どうやら蓮台寺温泉のすぐ近くまで来てしまったらしい。車は何度もバックを繰り返して方向転換をした。

下田に着くまで、車の中では沈黙が続いた。

大場には、もう言うことはなかった。彼の思考は、次の段階に進展していた。久保井は疲れ果てたというふうにシートにもたれかかっている。目を閉じているようだった。彼には彼なりの思惑があるのだろう。

下田に引き返して来て、了仙寺の近くで久保井を降ろした。大場は、〝どうも〟と挨拶の言葉をかけたが、久保井は振り返りもしないで立ち去って行った。冬子が助手席から久保井がいなくなった後へ移って来た。

「伊東へ向かってください」

と、大場が運転手に命じた。車は再び走り出した。

「まだ、胸がどきどきしているわ」

車が下田町を抜けて有料道路に入った頃になって、冬子がようやく口を開いた。

「心臓に悪いな」大場は、胸のあたりに両手を重ねている冬子の姿態を目の隅で捉《と》らえた。

「だって、あんな荒っぽいことをするんですもの。どうなることかと思って、わたくし生きた心地はしなかったわ。もし、警察が手を回したりしたら……」

冬子は強いて笑おうとするらしいが頰のあたりが引きつれるだけで、いっこうに表情はやわらがなかった。

「ああでもしなければ、あの強情者が口を割りそうになかったのでね……」

「でもたしかに誘拐、そうでなかったら監禁だったわ」

「しかし、お蔭で予想どおりの成果が得られたじゃないですか」

「それはそうですけれど……」

「これで、敵の逃げ道をふさいだようなものですよ」

「原理恵子に会うつもり？」

「もちろんです。そのために、久保井に対して少々荒っぽいことをしたんですから……」

「これから、原理恵子に会いに行くの？」

「いや、会おうとしても、やたらに面会に応ずる相手ではないですよ。会わないと言われれば、それっきりですからね。原理恵子も馬鹿ではない。危険だと思えば、それなりに警戒もするでしょう。それだけじゃない。彼女と対決する場所がかんじんなんだ。孤立した彼女に会う必要があるんです。強権を発動させないためにもね」

「どこで会うつもり?」

「ぼくは、原理恵子との対決の場所を、伊東に決めているんです」

「伊東?」

「これから伊東に行きます。伊東には、朝日建設の指定旅館がある。そこから電話をかけて、原理恵子を呼び出すんですよ」

「温泉にいる男の人から呼び出しを受けて、名士のお嬢さんがそれに応ずるかしら?」

「ぼくが温泉にいるから、彼女は応ずるという場合も考えられるでしょう。とにかく、まかせておいてください」正直なところ、原理恵子が果たして誘いに応ずるものかどうか、大場にはまるで自信がなかった。

ただ、はっきり言えるのは、原理恵子が大場の動静に関心を持っているということである。大場が事件に対してどの程度首を突っこんでいるか、原理恵子は知りたいに違いない。昨年のクリスマス・イブもそうだった。彼女はこれという目的もないのに、大場を夜の街に誘った。それは、大場が事件についてどのように考えているか、探り出すためだったのだ。

だから、口実しだいでは原理恵子は大場の呼び出しに応ずるだろう。かんじんなのは、彼女をまったく孤立させることである。そこで大場は、裸になった原理恵子を見たいのだ。彼女がもし、大場の前に屈服すれば、その裏側に展開する『真相の原野』を見ることができるのである。

「もう一押しだ……」

と、大場は独り言のように呟いた。伊東に近づくにつれて、彼の胸のうちでは緊迫感が膨張していった。

第五章　対　決

1

伊東温泉に『金鶏館』という旅館がある。朝日建設の指定旅館だった。大場はこの旅館に着くとすぐ、東京の原理恵子の自宅へ電話を入れた。理恵子は家にいた。彼女は、電話の相手が大場だとわかると、十年ぶりで友人に再会したような華やかな声を出した。それが彼女の一種のポーズであることは、電話を通じて、大場にも察しがついた。陽気な声も甘えるような口調も理恵子が意識して作っているのである。

大場は理恵子のその演技を計算に入れて、彼自身も軽薄な口のきき方をした。同じ部屋にいる冬子の思惑など、今はかまっていられなかった。

「伊豆の伊東にいらっしゃるの？」

理恵子は、今すぐにでもそこへ飛んで行きたいといった口ぶりであった。

「ええ、目下のところは休暇を楽しんでいます。ここはうちの社の指定旅館でしてね」

大場はものほしそうにそう言った。つまり、この言葉のあとへ、よかったらいらっしゃいませんかと、つけたしたいような言い回し方なのである。

「それで、わたくしに何かご用？」

理恵子は言った。大場の誘いたいという気持ちは見抜いているのである。それでいて、彼女はあえて誘いに応じないのだ。一応は警戒しているのだろう。

「おひまですか？」

こうなったからには、大場も単刀直入に用件を口にしなければならなかった。

「ひまということはないけど……。なぜ？」

「会いたいんです？」

「わたくしに？」

「そうですよ」

「なぜ？」

「そんなことを、電話で言わせるつもりなんですか……」

「あら、電話では言えないことなの？」

「理恵子さんも、人が悪いな。こうして電話をかけた僕の気持ちぐらい、わかるでしょうが……」

「単純に解釈していいのかしら？」

「勿論《もちろん》ですよ。ごく単純なものです。一人で伊東まで来てしまったら、急にあなたに会いたくなってしまって……」

「でも、会ったところで仕方がないじゃないの。こっちも単純な言い方をしますけど、わたくしの愛のプロセスには、あなたの名前はないのよ」

「ずいぶん、はっきり言いますね」

「誤解されると困るもの。先日も申し上げた通り、わたくしには婚約者がいますわ」

そう言いながら理恵子の声には微かな笑いが含まれていた。理恵子に婚約者がいるということは、昨年十二月二十三日、下田から東京へ帰る車の中で聞かされている。黒部正造という国会議員の長男で商業美術のデザイナーとして現在はフランスへ行っているという話だった。だが、この縁談は恋愛に基づいたものではなく、見合いによってまとめられたのだと理恵子はつけ加えたのだった。そればかりではない。彼女は心から愛していて結婚する相手ではないと言ったくらいである。

「そのことは承知していますよ。しかしあなたの婚約とぼくたちが今日、伊豆の伊東で会うということとは別問題でしょう」

大場は、語調に熱を込めた。

「どうして、別問題なんです？」

理恵子は鼻の先で笑ったようである。

「あなたは、その婚約者を愛していないとおっしゃったでしょう」

「でも、わたくし、あなたのことも愛していないわ」

「ぼくが嫌いですか」

「好意は持っています」

理恵子は、突き放すようにそう言った。

やはり、ただ会いたいから伊豆の伊東まで来てくれという誘いには、理恵子は乗りそうにならなかった。冬子が言った通り、温泉にいる男から呼び出しを受けて、名士の令嬢がそれに応ずるものではないらしい。理恵子には彼女なりの打算があるだろう。愛していない婚約者でも、結婚することを決めた以上は、下手に行動して世間の中傷を受けたくないと思うのが女である。大場にどのような下心があって誘いをかけられようとも、この際、伊豆の温泉地など行きたがらないのはむしろ当然かもしれなかった。

思い切って最後通牒を示すほかないと、大場は決心した。

「そうですか。では、諦《あきら》めましょう。しかし、諦める前に一つだけお尋ねしたいことがある」

大場は声も言葉つきもがらりと一変させた。理恵子は、しばらく沈黙していた。雑音だけが、大場の耳に伝わって来た。その冷ややかな機械音が、一本の電線でつながれている、両者の間に緊張感をおいた。理恵子はおそらく、大場の声の豹変《ひようへん》ぶりについて思いをめぐらせているのだろう。

「どんなことですか?」

やがて、理恵子の声が聞こえた。その声は、もう笑っていなかった。

「あなたとぼくは、先日、伊豆の下田でお会いしました。そのとき、あなたはぼくの名前を知ってまだ三十分もたたないというのに、クリスマス・イブだけの恋人になりましょうか、と言ってデイトの約束をされましたね。あなたは大家の令嬢に似ず軽薄な人だと思った。ところが、今日はまるでその反対で、ずいぶん慎重じゃないですか。そうしたあなたに、ぼくは矛盾を感じるんです。何か理由があってと解釈していいでしょうか?」

大場は、多少の皮肉をおりまぜて言った。

「別に理由なんてありませんわ」

理恵子は電話口で小さく溜め息をついた。

「去年のクリスマス・イブには、ぼくと行動を共にするだけの価値があった。ぼくが事件についてどの程度関心を抱いているか、知りたかったからでしょう。しかし、今日はそんな必要もない。だからあなたは、断わるんです。ところが理恵子さん、それはあなたの見込み違いというものですよ。ぼくは伊豆の下田へ行って来ました。その帰りに伊東に寄ったんです。わかりますか？」

「どうにでも、勝手にご想像ください」

「理恵子さん。ぼくは南伊豆観光土地商事の久保井課長に会って来ました。久保井課長は一切を打ち明けてくれましたよ。あなたのこともね」

「わたくしのことって……。わたくし、久保井などという人は知りませんわ」

「それならそれでもいいですがね。では、大変失礼しました」

大場は、電話を切るということを言葉で強調しておいて、理恵子の返答を待った。

「待って……。待ってください」

大場が予期していた言葉が理恵子の口から洩《も》れた。

「どうなさったんです？」

「何という旅館にいらっしゃるんです？」

「金鶏館です」

「今、三時半ですから、夜八時までにはそちらへ着くと思います」

それだけを言うと、今度は理恵子の方で電話を切った。大場も受話器を置きながら、口許《くちもと》が綻《ほころ》んでくるのを抑えきれなかった。理恵子は、伊東のこの旅館まで来るという。彼女は自ら、久保井の口を封ずるという策略を用いたことを認めたようなものだった。彼女は伊東まで出かけて来て、自分の行為について巧みに弁解するつもりか、そうでなければ大場の『男』の弱味を利用してこの危険を脱しようと考えたのに違いない。大場は勝ったという意識に捉《と》らわれていた。

「来るそうですよ」

大場は振り返って、テラスの籐椅子に腰掛けている冬子に声をかけた。

「そう……」

冬子は瞬間的に笑いかけたが、すぐまた固い表情になった。

「彼女が来るまでにまだ時間がだいぶある。食事でもしましょうか」

大場は電話機が据えてあるコーナー・テーブルの前を離れて部屋の中央へ戻った。

「あまり、食欲はないわ」

「しかし、昼飯もまだ食べていないんですよ」

「だって……」

冬子は立ち上がって、伸びあがるようにして窓の外を眺めた。この旅館は伊東駅に近いところにあった。地理的な関係で、あまり眺めはよくなかった。すぐ裏が伊東球場である。ただ部屋が三階にあるので、街並みの向こうに僅かに濃紺の海を見渡せた。

「何か考えごとでもしていたんですか？」

大場はだいぶ汚れているじゅうたんの上に直接座り込んだ。テラスつきの洋間に日本間の寝室という部屋であった。調度品などはすっかりくたびれてしまっているが、会社の指定旅館としてはそう悪い方ではなかった。

「実はね、わたくし……」

冬子は、大場に背中を向けたまま言った。

「ちょっと、思いついたことがあるんだけれど……」

「どんなことですか？」

大場はここでテーブルの上に運ばれて来てあったおしぼりに手をのばした。

「もしかすると義兄は、精神異常者でも何でもなかったような気がするの」

「え……？」

大場は、おしぼりで顔を拭っていた手を止めた。

「青山は気違いではなかったと言うんですか？」

大場はいささかめんくらっていた。冬子の口から飛び出した言葉は完全に彼の意表をついていたのである。青山が常人であった——などとは、想像すらしたことがなかったのだ。

「大場さんは、そう思わない?」

冬子は向き直って、テラスの柵に寄りかかった。真剣な面持ちである。

「しかし青山の異常な言動を目の当たりに見せつけられたのは、ぼくと冬子さんなんですよ」

大場は立ち上がって、手近な椅子に腰をおろした。そんなばかなことが——と、思いながらも、なぜか冬子の言葉を一笑に付することができなかった。それは冬子が自分の思いつきにひたむきにとりすがろうとしているからだろうか。それとも、大場の心のどこかに青山は発狂したわけではない、という意識しない判断が生じていたからだろうか。

「たしかに、義兄の常識では考えられない行動をわたくしたちは知っています。でも、義兄が精神異常者であるという、医学的な裏付けがあったわけではないんだわ」

「待ってください、冬子さん。いかなる場合でも、精神異常者であることを診断されるのは、それなりの根拠があってからのことです。健康な精神の持ち主が、いきなり医者から気違いだという診断をくだされるようなことはありません。周囲の人間がどうも正常ではないということに気づいて、初めて医師の診断を仰ぐのです。青山の場合もそうだった。まず、われわれが彼の異常に気づいた。それでぼくは、専門医に診てもらうよう手はずを整えたりしたのです。本来ならば、青山は精神異常者という医師の診断をくだされていたでしょう。ところが、彼はその前に死んでしまったんです。言いかえるならば、不可抗力によって彼は専門医の診察を受けられなかった。だからこそ、医学的な裏付けがないんじゃありませんか」

「たとえそうであったとしても、義兄が精神異常者だったという結論は出ていないのです。大場さん、こういう考え方もできるんじゃないかしら。義兄は専門医の診断をくだされる前に殺された……。義兄は狂人ではなかった。だから、専門医の診察を受ければ正常な人間であることが発覚してしまうかもしれない。それをおそれた人間が、義兄の精神状態について結論が出る前に最終的な手段をこうじた……」

「そういうこともあり得ます。しかし、冬子さん、あの青山の支離滅裂な言動をどう解釈するんです？」

大場には、青山が正常な人間だったなどということはどうしても信じられなかった。大場の記憶には、青山の狂人ぶりが刻みつけられている。それだけ、親友の常軌を逸した態度が、大場にとっては強烈な衝撃だったのである。青山はまず、義妹である冬子を姪《めい》だといって大場に紹介した。しかも、冬子については来年あたり中学校の教師と結婚する予定だとか、母親は死んでしまっていないとかまったく意味のない嘘をついたのである。

青山はさらに、出張から帰ってきたばかりの大場を捉《つか》まえて、来年の四月に結婚しようと思っていると真面目な顔で言ったのだ。青山には美津江という妻と高志という子供がいる。その妻子の存在は、念頭にも置いていないといった口ぶりだった。そして青山は、大場と冬子を連れて原総裁邸へ乗り込んだのである。

大場と冬子が、原総裁邸の玄関口で消えてしまいたいくらいに恥ずかしい思いを強いられたのはこのときであった。青山は原総裁のことを大友専一という会社重役だと言い、口をきいたこともない理恵子に、あなたは婚約者だと迫ったのだった。大場は、原総裁邸の門の前で青山との間にとりかわされた激しい調子のやりとりを、今でもはっきり覚えている。

「とにかく、君は普段の君じゃない。医者に診てもらったほうがいいと思う」

「冗談言うな。ぼくは正常だ」

「精神異常者は、決して自分がそうだということを認めないそうだぞ」

「君は、ぼくを本当に気違いにするつもりなのか?」

「じゃあ訊《き》くがね。君はなぜ、ぼくに嘘をついた?」

「嘘?」

「そうだ」

「ぼくが君に、どんな嘘をついたというんだ?」

「例えば、冬子さんが君の姪だなんて……」

「冬子はぼくの姪だからさ。ぼくの姉の子供だ。それで、姪じゃないか」

「冬子さんは、君の奥さんの妹さんじゃないか」

「え？」

「本人を前に置いて、違うとでも言うつもりか？」

「そうか……。冬子は美津江の妹だったっけ……」

「みろ、君は奥さんの妹か、それとも姪か、そんなことの区別さえつかなくなっているんじゃないか」

そのあげくに、青山は、

「いいよ……君までが、ぼくを信じてくれないんだ……みんなで、寄ってたかって、ぼくを苦しめる……勝手にしろ、ぼくはどうせ一人ぼっちさ……」

と言って、泣き出さんばかりに路上で身を揉《も》んだのである。

青山の異常ぶりは、荒唐無稽《こうとうむけい》な妄想だけでは終わらなかったのである。この夜遅くなって、青山は再び朝日建設の社員アパートを飛び出している。その際も青山は、『ぼくには住む家がない、ぼくはどこへ行ったらいいんだろう、理恵子は薄情で嘘つきだ。こんど会ったら殺してやる、行くところは天国きりないんだ、死んでしまいたい……これから星と駈けっこして来るんだ』と、とりとめもないことを口走っていたと、彼の妻が証言している。そして翌日、青山と市橋若葉の死体が、原総裁邸の邸内で発見されたのだった。

そんな青山を、正常な人間だったと言えるものだろうか。大場は、軽く首を振りながら冬子を凝視した。

「大場さん、人間は気違いのふりをすることはできるのよ」

冬子は、大場の視線を受け止めて言った。

「気違いのふり……？」

「そう。精神異常者だという専門家の診断がくだされてなかったことを強調したいのは、そのためなの。義兄は、表面的には狂っていたわ。でも、狂っていると見せかけることは誰にもできるのよ」

「しかし、青山は何だって気違いであるふりをしたんです？　それも、何かの必要があってある特定の人間に対してだけ精神異常者であることを装ったならばともかく、彼は奥さんやあなた、それにぼくの目にも狂人として映るような行動をとったんです」

「だからこそ、義兄の狂人ぶりが真にせまっていたんだわ。世間を欺《あざむ》く場合、まず自分の最も身近な人間を騙すことよ……。妻も義妹もそして親友も、騙された。義兄が発狂したものと信じた。それで義兄の精神異常者ぶりが演技だったとはいまだに誰一人として気がついていないのよ」

「冬子さんは、どういう点からそのように判断したんです？」

「単純な理由よ。義兄が千二百万円も預金していたこと。久保井という土地会社の人の言葉によると、どうやら義兄は本気で伊豆に土地を買おうとしていたこと。たくさんのお金を持っている人が広い土地を買おうとしている……ごく当たり前な話じゃないかしら。つまり義兄は、ごく当たり前のことをしようとしていたのよ」

「その点は確かに、異常ではない。だが、青山が精神に異常をきたしたのは、その後だったのかもしれませんよ」

「でも、精神異常と、記憶喪失症とは違うと思うんです。義兄は記憶を失ってしまったわけではないんだわ。おそらく、狂人にも現在と過去があると思うんです。その証拠に、おかしくなってからでも、義兄はあなたやわたくし、それに姉、自分の住んでいるところなどの見分けはついたんですから……。とすれば、義兄は千二百万円の預金通帳のことや、自分が伊豆に土地を買うつもりでいた点を忘れていたわけではなかったのです。ところが、義兄は預金のことも土地を買おうとしていたことも死ぬまで口にしませんでした。これを裏返せば、義兄は預金のことや土地を買うことを意識して口にしなかった、つまり正常だった、ということにはならないかしら」

青山は発狂していなかった——という冬子の判断はあまりにも飛躍しすぎてはいないだろうか。理論的にある程度は裏付けられる。しかし、確固たる根拠はないのである。それに、青山が精神異常を装う必要はどこにあるのか。そうすることによって、よほどの利益がなければ、青山誰も気違いのふりなどしないはずだ。精神異常者としての青山に、どのような利点があっただろうか。何もありはしない。彼に与えられたのは、死であった。大場はあえて、冬子の主張を否定した。

「冬子さん、その点については、ぼくはどうしても頷《うなず》けません。もう少し、考えてみてから結論を出しましょう」

大場は目を細めて、窓の外の青い空を見上げた。今は、原理恵子の到着を待つばかりであった。

2

旅館の帳場が、理恵子の訪れを告げて来たのは、軽い夕食をすませてから約一時間後であった。冬の夜は早かった。まだ八時前だというのに、家々の窓は閉ざされてしまっていた。伊豆の伊東であっても、冬の寒さには変わりない。大場と冬子も、和室の炬燵《こたつ》で向かい合っていた。

「冬子さんは、ここにいてください」

大場はそう言って、炬燵からぬけ出した。冬子は背を丸めた格好で、頷《うなず》いた。

大場は洋間へ出て、電気ストーブのスイッチをひねった。ここで話すことは、襖《ふすま》一枚だけを隔てた隣室にそっくり聞こえることだろう。それに、冬子を理恵子の目に触れさせたくはなかった。ただ理恵子の気持ちを固くさせるだけである。

まもなく、ドアがノックされた。女中に案内された理恵子が姿を見せた。彼女は後ろ手にドアを閉めてから、ふと媚《こ》びるような笑いを浮かべた。今日の理恵子は鮮やかな水色のスーツに、純白のオーバーを重ねていた。あでやかな盛装である。化粧も念入りにほどこして来たらしく、今までの彼女よりも一層鮮烈な美貌に見えた。

「やあ、遠いところをわざわざどうも……」

大場も穏やかに笑ってみせて、壁際のソファを右手で示した。

「いいお部屋ね」

室内を見回しながら、理恵子は素直にソファへ腰を沈めた。その足許へ、大場は電気ストーブを近づけた。

「わたくし、伊東って初めてなのよ」

理恵子は、オーバーを脱いで膝の上に置いた。

「そうですか。温泉へでもつかって、今夜はゆっくりされたらいかがです」

こんな言葉を隣室で冬子がどのように受けとっているかと、大場は一瞬気にかけていた。

「場合によってはね……」

と、理恵子は意味深長に横目を使った。

「もっとも、婚約者に誤解されると申し訳ない」

大場は右へ左へと、理恵子の前をゆっくり往復した。

「大丈夫よ。黒部さんは今、フランスにいるんだから……」

「ほう、さっきの電話の言葉とはだいぶ違いますね」

「気持ちが変わったからこそ、ここまで来たんだわ」

理恵子もなかなかの役者であった。大場の気持ちを柔らげるつもりか、多分に刺激的で、軽いやりとりで話を運んで行く。あるいは自分のペースに引き込んでこのまま本題に触れずにすませようとしているのかもしれない。正直なところ、もし冬子という心の支えがなかったら、大場の気持ちはすっかり弛《ゆる》んでしまっただろう。少なくとも、彼女は真っ向うから対決しようとはしないのだ。巧みな駆け引きが、そこにあった。

「ところで、理恵子さん……」

大場は足を止めて、理恵子を見下ろすように佇《たたず》んだ。

「ええ……」

大場を見上げる理恵子の目が、微《かす》かな不安の色に翳《かげ》った。

「あなたはなぜ、青山が伊豆に土地を買おうとしていたことを隠したかったんですか？」

大場は、理恵子の顔を直視した。

「何のことかしら？」

理恵子はさりげなく、大場の視線をはずした。だが彼女の唇がヒクヒクと痙攣《けいれん》した。

「ぼくは土地会社の外務課長に会って来たんですよ。とぼけても無駄です。この際、裸になって話し合ったほうがいいと思うんですがね」

「だって……」

「久保井という外務課長は、残らず話してくれましたよ。あなたから口止め料として五十万円を受け取ったということもね」

「何かの間違いだわ」

「理恵子さん。伊東まで来てしまってから隠しだてしても、仕方がないじゃないですか。ぼくが久保井課長に会ったという話を聞いて、ここへ来る気になったのでしょう？」

「そういうわけじゃないわ。あなたが来てほしいと言ったから、来たつもりなんだけれど……」

「去年の十二月二十三日、ぼくたちは伊豆の下田で会いましたね。だが、あれは決して偶然の出会いではなかった。あの日、あなたは南伊豆観光土地商事の久保井課長と面談して来たのだ。

青山が伊豆に土地を買おうとしていたことを、口止めするためにね」

大場は再び歩き始めた。理恵子の返事はなかった。彼女は目を伏せていた。しかし、顔色は青白く、組み合わせた指が震えている。彼女は次にとるべき態度に迷っているのだろう。沈黙は三分近く続いた。

「そうなの……」

大場の背後で、理恵子の立ち上がる気配がした。

「話し合う気になりましたか？」

大場は振り返った。

「話し合う必要はないと思うの。わたくしはただ、ありのままを話すだけよ。あなたはそれを聞いて、満足するべきだわ」

理恵子の声が、やや金属的に甲高くなっていた。目は大きく見開かれている。何かに憑《つ》かれたような激しさが、その眼差《まなざ》しに含まれていた。大場は思わず、息をつめた。現在の理恵子のような顔は、めったに見られるものではなかった。知的な美貌であるだけに、いっそう凄惨《せいさん》な感じであった。狂暴な殺人者の顔――と、大場は思った。

「わたくしは確かに、土地会社の外務課長に会って、五十万円を手渡したわ」

「念のために訊《き》きますけれど、それは口止め料としてですね？」

「そう。そうよ」

「なぜ、青山が土地を買おうとしていたことを内密にしたかったんですか？」

「父のためだわ」

「お父さんの……、原総裁のためですか？」

「青山さんは、白石ダム建設工事の現場技師としての立ち場を利用して、国東建設との間で不正な取り引きをしたわ。つまり、汚職よ。セメントやその他の資材を大量に水増しして、代償として多額の金品を受け取ったのよ。青山さんはそのお金で、土地を買おうとしたの。広い土地を持つこと、これが青山さんの長年の夢だったそうだわ。でも、あの人にも良心というものはあったのね。良心の呵責《かしゃく》に耐えきれなくて、青山さんは発狂したわ。そのあげくに、市橋さんと無理心中を遂げた。……ところが、生前の青山さんが話を進めていた土地を買うという計画、このことはまだそのままになって残っていたわ。わたくしは、この話を潰《つぶ》してしまわなければならないと思ったの」

「どうしてです？」

「わからないかしら？」

「わかりませんね」

「生前の青山さんが広大な土地を買おうとしていたことが、公にされたら……。青山さんはそれだけの土地を買う多額のお金を、どこから入手したか追及されることになるわね。その結果、白石ダム建設に絡《から》む不正事件が明かるみに出てしまうでしょう。そのことによって、最も大きな被害を受けるのは誰かしら。父よ。直接の責任はなくても、立ち場上父は辞職しなければならなくなるでしょう。それだけではなく、父の経歴に深い疵《きず》がつくんだわ。それですむならまだいいわ。白石ダムは、岩盤がとても複雑なのよ。もし、岩盤に注入されたセメントが絶対量に達していなかったとしたら、何年か後に地震や洪水の影響もあって、ダムが崩壊してしまうということも考えられるでしょう。万が一そんなことにでもなったら、父はどこでどんな職業に就いていたとしても平然としてはいられなくなるわ。死んでも、責任は拭いきれないでしょう。だからわたくしは青山さんが土地を買おうとしていたという話を秘密裡に葬ってしまいたかったの」

「青山の汚職を隠蔽《いんぺい》しただけで、事はおさまりませんよ。そのような危険性のある白石ダムのほうは、いったいどうなるんです」

「父は、あらためて補修工事を始めるつもりらしいわ。岩盤の耐久性に関して、調査をしなおすらしいの」

「どういう名目で、工事をやりなおすんです? 資源開拓公団は、個人企業ではない。予算の拘束があるでしょう。前工事がいい加減だったから補修すると言って、簡単に通用するはずはありません」

「そんな詳しいことについてまで、わたくしは知っていないわ。とにかく、今話したことが土地会社の外務課長の口を封じた理由なのよ。わたくしの話すことはこれだけ。満足して頂きたいわ」

「満足できませんね」

「なぜ?」

「あなたは、もう一つ嘘をついている」

「こんどは何を喋《しゃべ》れとおっしゃりたいの?」

「あなたはどうして、青山と彼の行為について詳しく知っていたということを、ぼくに隠したりしたんですか?」

「故意に隠したりした覚えはないわ」

「いや、あなたは青山については何も知っていないと明言しているんですよ」

「でたらめを言わないで」

「お忘れですね。去年のクリスマス・イブ、ぼくとあなたは麻布二の橋にある〝ミスズ〟という小さなバーでビールを飲みましたっけね。その際に、あなたがぼくにどんなことを言われたか覚えていませんか?」

「さあね……」

「嘘ばかりついていると、そういうことになるのですよ。ぼくが、青山はまんざら資源開拓公団と縁がなかったわけじゃない、青山は今年の初め、資源開拓公団の事業だった白石ダム建設工事に関係して、仕事をしているのだというと、あなたは初めて耳にするといったふうに驚いた表情を見せた。しかも、お父さんからそのような話を聞きませんでしたかというぼくの質問に対して、あなたは父はいちいち公団の事業について話してはくれません、と答えたんですよ。ところが、あなたは青山について非常に詳しく知っていられるようですね。彼の汚職、そして伊豆に土地を買おうとしていたことまで……」

「青山さんのことをいろいろと耳にしたのは、去年のクリスマス・イブ以後だったんだわ」

「また嘘をつく。それも、ずいぶん不用意な嘘をつくんですね。あなたが伊豆の土地会社へ出かけて行って外務課長に口止め料を支払ったのは、クリスマス・イブの前日だったんですよ。あなたが以前から青山について詳しかったということは、重要なポイントになるのです」

「重要なポイント?」

「そうです。青山が真実、精神異常者であったかどうか分析するための……」

「青山さんが、気違いではなかったとでも、おっしゃりたいの」

と、理恵子は血相を変えた。充血するほど目を見開いている。鼻翼が痙攣《けいれん》するように動いて、白い喉に血管が浮かび上がった。大場が予想していなかった、理恵子の興奮ぶりである。

青山の精神状態は正常であって、彼は狂人を装っていたのではないか——という冬子の思いつきは、あるいは的を射ているのかもしれない。理恵子の激しい豹変《ひょうへん》を見て、大場はそう思った。何気なく口にした『青山が狂人であったかどうか』という言葉が、期待していなかった効果をもたらしたのである。

「まったく見も知らずのあなたにプロポーズしたのだとしたら、青山は確かに気違いですよ。しかし、前もって青山とあなたの間に交渉があったとなると、いささか解釈は違ってきます。青山は気違いに見せかけたのだ……。とも考えられるでしょう。そうするように青山とあなた、それに総裁の間で打ち合わせができていた……」

「それはいったい、何のためにです！」

大場と理恵子は、燃えるような目で凝視し合った。対決の場に相応《ふさわ》しく、窓の外で潮風が鳴っていた。

3

青山は発狂したふりをしていた――という冬子の見方に、今は大場もまったく同調していた。理恵子とやりとりしているうちに、いつの間にか、そう解釈しないではいられなくなってしまったのである。

青山と理恵子の間には、確かに以前から交渉があったのだ。たぶん、白石ダム建設工事が始まって、青山が資源開拓公団に関係するようになってからだろう。

とすれば、青山が原邸へ乗り込んで理恵子へプロポーズしたことも、あながち無意識のうちにとられた行動だとは言えなくなるのである。青山は意識的に大場や冬子を伴《ともな》って原邸へ行き、そこで理恵子を恋人と呼んだり原総裁のことを大友専一という会社重役だと言ったりしたのではないだろうか。つまり、青山は狂人であることを装ったのだ。

このことは前もって、原総裁、それに理恵子との間で計画されていたのだと考えることが妥当である。以前から知っているはずの青山のことを、原父娘は見も知らない相手だと言ったからである。

ではなぜ、青山は発狂したと見せかけねばならなかったのか。そして、何が目的で三者の間でこうした芝居が演じられたのか、この点が、肝腎《かんじん》であった。

「青山さんが、気違いではなかったとでもおっしゃりたいの」

と、理恵子は血相を変えるほど興奮した。この彼女の異常な変化を見ても、青山の発狂が本物だったかどうかが、いかに重要なポイントであるか明らかである。理恵子は、青山が狂人を装ったその理由を知られることを最も恐れているのではないだろうか。

「いったい何のために……それは、こっちでお訊《き》きしたいことです」大場は、理恵子の鋭い視線を跳ね返した。

理恵子は返事をしなかった。彼女はバッグからアメリカ煙草を取り出すとライターの火を点じた。煙草を吸う理恵子を見るのは初めてである。だが、その器用な手つきから推して、喫煙は彼女の常習らしい。

「改めてお訊《き》きします。桜井武司という男を、ご存じですね?」

大場は、理恵子の答を促《うなが》すよう再び質問した。

「知っています」

吐《は》き出した煙の中で、理恵子の目が忙しく動いた。

「公団の技術局技師課長ですね。白石ダム建設の技術面における総指揮者だったと思いますが……」

「ええ」

「あなたは、青山がセメントやその他の資材を大量に水増しして、その代償に多額の金品を受け取った。つまり、汚職をしたと言いましたね」

「言ったわ」

「青山がそうした不正行為をしたということは、認めましょう。それなりの証拠があるからです」

「証拠？」

「ぼくは、青山が隠していた預金通帳を見つけました。預金の額面は、千二百万円でしたよ。一介《いっかい》のサラリーマンだった青山が、これだけの大金を預金するには、何か悪いことをしなければならなかったはずです……」

「そう」

「あなたが例え、久保井課長の口を封じて青山に土地を買う金などあるはずがなかったと見せかけようとしても、それは無駄なことでしたね。この千二百万円の預金が、ものをいいます」

「でも、あなたたちは青山さんが千二百万円も不正なお金を貯めていたことを、公にしたりはしないでしょうね。そんなことをすれば、死んだ青山さんが可哀《かわい》そうだし、隣の部屋にいる妹さんも、世間の目を恐れなければならなくなりますからね」

理恵子は、冷ややかな顔を隣室の方へ向けた。彼女はそこに冬子がいることを知っていたのだ。おそらく、旅館の帳場で、大場が一人でいるのかどうか聞いて来たのだろう。なかなか味なことをやる——と、大場は思った。

「いや、そうとは限りませんよ。事と次第によっては、真相を警察へ持ち込むつもりでいます」

大場は、微笑して見せた。

理恵子は、灰の部分が長くなった煙草を慌《あわ》てて灰皿に捨てた。

「事と次第によっては……？」

「ええ、青山が、実際に自殺したというならばわれわれも諦《あきら》めるかもしれません。しかし、彼が殺されたのだとしたら、彼の名誉など二のつぎです」

「青山さんが殺されたなんて、ばかばかしい考えよ」

「自殺だったという確証がありますか？」

「警察が、そう判断したじゃないの」

「しかし、警察では青山を狂人と見ていたからです。本当に発狂していたならば、自殺という線も考えられるでしょう。だが、彼は偽装《ぎそう》狂人だった、と判断すれば、彼の死もまた偽装自殺だったと言えますよ」

「あなたは、父やわたくしが青山さんを殺したのだとおっしゃるの？」

「そうなんですか？」

「だって、そういうことになるじゃないの。青山さんは、父やわたくしと打ち合わせた上で発狂したと見せかけたのだと、あなたは言っているし、それに青山さんの死体は、わたくしの家の庭で発見されたのよ。まるで、父とわたくしが青山さんを殺したみたいな言い方だわ」

「そんなつもりは、なかったんですがね」

「じゃあ、青山さんと一緒に死んでいた市橋さんはどうだったたって言うの？」

「市橋若葉を殺したのは、青山だったと思いますよ。同一犯が、市橋若葉と青山を殺したということは考えられません。市橋若葉は絞殺されたんだし、青山は毒殺されたんですからね。同じ犯人だったら、二人とも毒殺したはずですよ」

「市橋さんを殺した青山さんを、また別の人間が殺したというわけ？」

「そうです」

「根拠もない想像ね。想像だけで滅多なことを言わない方がいいわ」

「根拠らしいものは、あるんですよ」

「どんなこと？」

「桜井武司です」

「桜井さんがどうしたと言うの？」

「ぼくは、白石ダム建設工事に絡《から》んで汚職したのは青山一人だけではないと思っている。桜井もまた、同じようなことをしたんですよ。桜井も、入手法不明の六百万円を預金していたんです。しかも彼は、青山と同じように死んでいる。彼の場合も、表面的には自殺ということでね」

「だから？」

「青山と桜井は、まったく同じ運命の轍《わだち》を踏んでいるんです。白石ダム建設工事に関係して多額の金を手に入れていた。そして、自殺という形で死を迎えている。これは、単なる偶然だということで片づけられる問題ではありません」

「二人とも、汚職という心の負担をもてあましたんでしょう」

「そして、言い合わせたように揃《そろ》って自殺を遂げた……そうはいきませんよ。汚職をした者すべて自殺しますか、そんな例は殆《ほとん》どないでしょう。自殺するくらいなら最初から汚職なんかしません」

「でも、いつかあなたにお話ししたように、桜井さんは遺書を残して死んだのよ」

「あれは、遺書とは言いきれませんよ。謝罪文だ」

「謝罪文？」

「書いてあることが、実に曖昧《あいまい》だ。自分は死ぬとは一言も言ってない。例え一命を絶っても……と、書いてあっただけじゃないですか」

「誰に対して、謝罪文を書いたと言うんです？」

「桜井の上司たちは、このようなことを書かれる覚えはないと言っています。しかし、上司に宛《あ》てた謝罪文であることは確かです」

「すると、いったいどういうことになるんですか?」

「仮《か》りに、総裁宛てに書いた謝罪文だったとしたら」

「わたくし、帰ります」

理恵子は、不意に立ち上がった。気をそがれて、大場は沈黙した。

「実に不愉快だわ。あなたはまるで、父とわたくしを犯罪者に仕立てようとしているみたいじゃないの。東京へ帰ったら、このことをよく父に伝えます」

「お帰りになるというなら、強いてひきとめたりはしません」

大場は、そう言うほかはなかった。

ドアの前まで行った理恵子は、思い出したように引き返して来て、テーブルの上に紙包みを置いた。

「長野から送って来た美味《おい》しいおりんご。お土産《みやげ》だけは、置いて帰ります」

そう言い残すと、理恵子は肩をそびやかして部屋から出て行った。ドアをしめるときも振返ろうとはしなかった。

一分間ほど、大場は動こうとしなかった。かなり緊張していたらしく、全身から力が抜けてゆくのを覚えた。溜息が洩《も》れる。彼は、大きく深呼吸をした。

大場は、隣の和室へ入った。冬子は、炬燵《こたつ》の前に座ったままでいた。

「話は、聞こえましたか?」

大場は訊《き》いた。

「ええ……」

冬子は、悄然《しょうぜん》と頷《うなず》いた。

「どうしたんです? 顔色が悪いじゃないですか?」

と、大場は項垂《うなだ》れた冬子の横顔を見やった。

「義兄が、不正な行為をしたということは、百パーセント確実なんですね」

冬子は小さな声で、呟《つぶや》くように言った。

「そう認めざるを得ませんね。しかし、同時に青山は殺されたのだという確信を持てましたよ」

大場は、冬子の肩に手を置いた。彼女の体温を、掌に感じた。

「でも、義兄が悪いことをして死んだという点には変わりないんだわ」

冬子は、唇を噛んだ。

「そんなふうに考えるべきではないと思うな、冬子さん」

「だって、遺《のこ》された者こそ悲劇だわ。お姉さんだってそれに高志ちゃんだって、一生台無しにしてしまったようなものですもの」

冬子は、肩を震《ふる》わせた。

「非観的に、物事を見すぎる」

大場は、意識的に語調を激しくした。

「大場さんは、客観的な立ち場にいるからよ。わたくしの気持ちなんか、分からないんだわ」

「そんなことはない。青山は、ぼくにとって親友だった。だからこそ、こうして真相の追究に努力しているんです」

「その点は、感謝しています。でも、大場さんは感情によって行動しているんでしょう。お姉さんやわたくしの場合は、そうはいかないのよ」

「どういう意味です」

「感情なんて、わたくしたちにとっては贅沢《ぜいたく》なものなのよ。現実問題として、わたくしたちは苦しんだり、悲しんだりしなければならないんだわ」

「例えば？」

「例えば、お姉さんは田舎で肩身の狭い思いをしているわ。再婚することも許されないでしょうし、就職も出来ない。父が亡くなったら、お姉さんは高志ちゃんを抱えて、どうやって生きてゆけばいいんでしょう。お姉さんの将来は闇も同然なのよ」

「美津江さんには、同情します。しかし、彼女の将来が闇も同然だときめつけることはないと思うんです。ある日突然に、どんな不幸が訪れるかわからない。けれど、またどんな幸福が舞い込むかも予測出来ないんですよ。まして、青山の義理の妹であるあなたが、そんな弱気なことでは困りますね」

「でも、わたくしだってお姉さんと大して変わりはないのよ」

「なぜです?」

「一流会社はわたしの入社を拒《こば》むでしょうし、奥さんとして歓迎されることもないんだわ……」

「冬子さん、あなたは誰と結婚したいんです?」

「えっ……?」

冬子は、顔をあげた。戸惑っているような表情だった。

「つまりですね、結婚したい相手でもいるのかと訊《き》いているんですよ」

と、大場は自分の唐突《とうとつ》な質問を訂正した。

「いいえ、別に……」

冬子はなおも、腑《ふ》に落ちないという顔つきだった。

「それなら、今からもう結婚出来ないなどと悲観することはないでしょう」

大場は、怒ったような口ぶりだった。

「いずれにしても、喜んでわたくしを迎えてくれる人はいないわ」

「そんなことはない」

「いいえ、世間とはそういうものだということを、わたくしはよく知っています」

「あなたと、心から結婚したいと望んでいる男がいますよ」

「え……？」

冬子はハッとしたように、大場の顔を凝視した。

「ここにいます」

大場も、冬子の目を覗《のぞ》き込んだ。二人の視線が、熱っぽく絡《から》み合った。冬子の表情に、感動的な輝きがひろがった。

「ぼくは、あなたを愛している……」

そう言ってしまってから、大場の胸のうちに熱いものが込み上げて来た。言葉にしたことによって、冬子に対する愛情を自覚したようなものである。

「大場さん……」

冬子が、大場の膝《ひざ》の上に上体を倒して来た。大場は、冬子の肩を抱いた。火照《ほて》るように暖かい、冬子の身体だった。

「しめっぽいのは、嫌いなんだ」

冬子が泣いているとわかって、大場は無理に彼女の上体を起こした。冬子は、濡れている顔をそむけた。

「同情だけではないのね」

と、冬子が言った。

「違う。今度の事件を抜きにしても、ぼくの気持ちは変わらない」

大場は、冬子の身体を激しく引き寄せた。

「嬉しいわ……」

大場の胸で、冬子は震える声を出した。

「冬子さんの気持ちはどうなんだ?」

「好きだったわ……」

「同情されて、好きになったんじゃないだろうね?」

「今度の事件を抜きにしても、わたくしの気持ちには変わりないわ」

冬子は、泣き笑いの表情を見せた。

大場は、濡れている冬子の頰に接吻した。冬子は、目を閉じた。二人の唇が重ねられた瞬間、地球が回転を止めたような静寂があたりを支配した。

二人の身体が、畳の上に倒れた。炬燵蒲団の花模様が、蛍光灯の下で、ひときわ鮮やかであった。風の音も、やんだようである。大場と冬子にとっては、静かな初夜になりそうだった。

4

翌朝八時すぎに、大場と冬子は『金鶏館』を出た。朝早く伊東を発ったことには、理由があった。この日のうちに白石ダムへ行ってみようと二人の相談がまとまったのである。

二人は、伊東から川崎まで行き、川崎で南武線に乗り換えた。立川市へ出るのである。更に立川から拝島まで行き、拝島で八高《はちこう》線に乗る。一時間二十分ばかりで、寄居駅に着く。寄居で、秩父鉄道に乗り換える。終点三峰口に到着するのは、一時間十分後である。伊東から三峰口まで、約七時間の道程である。車中、冬子はあまり口数が多くなかった。それでいて、大場の傍《かたわ》らにピッタリと寄り添っているのである。昨夜の行為を恥じらう気持ちがあるのだろう。

他人ではなくなった男と小さな旅行をする場合、女は口もきかずに、ただ傍らにいるというのが幸福なのかもしれない。大場には、そんな冬子が可憐に思えた。

人にも見られないようにそっと手に触れたりすると、冬子は控え目な微笑を浮かべて強く握り返して来る。俄《にわか》に女らしくなった冬子だった。

秩父鉄道の電車は、すいていた。冬のことでもあり、土地の人きり乗らないのだろう。三峰口の小さな駅に降り立ったとき、途方もなく遠いところへ来たような気がした。秩父連山は、冬化粧をしている。空気は澄んでいたが、風が冷たかった。

大場と冬子は、駅を出ると手袋をはめた。三峰口から先は、バスを利用しなければならない。大達原、大輪、岡本、大滝、と部落を通過して十々六本というところでバスを降りる。これから大久保部落まで歩いて行かなければならないと、三峰口の駅員が教えてくれた白石ダムへの道順だった。

バスは、中津川に沿った道路を走った。バスの乗客たちが、もの珍しそうに二人の方を眺めていた。

「どこへ、行くのかね?」

大場の隣に座っていた、中年の男が声をかけてきた。男は、頭巾《ずきん》までかぶって完全な冬装束だった。

「白石ダムへ行くんです」

大場は答えた。

「ああ、資源開拓公団の人かね」

男は大きく、一人合点をした。

「ええ……」

大場は、曖昧《あいまい》に返事をした。

「しかしなあ、若い女の人を連れていちゃあ、大変な道だよ」

「ぼくは、係が違うものですからダムのことについて詳しく知っていないんです。ダムは、この川の上流にあるんですか？」

「いや、けっきょくはこの中津川に合流しているんだが、もう少し南にある荒川の上流、滝川を堰《せ》き止めてダムにしたんだよ」

男は得意そうに説明した。

「もうダムの工事は完全に終わったんですね？」

「工事はとっくに終わったんだが、二、三日前から、また何人かの技師が派遣されて来ているらしいな。何でも、補修工事をやるという噂だが……」

「その技師たちは、どこに寝泊まりしているんですか？」

「ダムの、建築事務所に泊まり込んでいるという話だがな」

「ダムの付近に旅館はないでしょうね」

「旅館なんかあるもんかね。三峰口にあるだけだよ」

「そいつは困ったな」

大場は、時計に目をやった。もう間もなく、四時である。冬の夜は早い。空に赤みがさして、秩父連峰の一部はすでにシルエットになっていた。

白石ダムに着いて一時間もしないうちに、夜を迎えてしまうだろう。まさか、建築事務所に泊めてもらうわけにはいかない。今夜のうちに、三峰口まで引き返さなければならなかった。だが、バスの最終が七時である。急がなければ、冬の夜に野宿するようなことになるかもしれない。

大場は、冬子を振り向いた。冬子も同じ気持ちだったらしく、不安そうな顔をしていた。いささか軽率だった、というような気がしてくる。

「そうか、あんたら帰りのことを心配してるんだな？」

男が、無精髭《ひげ》の間から白い歯を覗《のぞ》かせた。

「そうなんです。女の人と一緒ですから、事務所に泊めてもらうわけにもいきません」

この男が何とかしてくれるだろうかという期待感が大場の胸に湧いた。

「いったい、どんな用があってダムまで行くのかね？」

「ダムの付近で、桜井という技師が死んだのをご存じですか？」

「知っているとも、警察が乗り込んで来て、この辺の部落ではすぐ評判になったからな」

「実は、その事件について調査に行くんです」

「じゃあ、あんたは警察の人かね？」

「いや、違います。公団は公団として事実を調べなければならない理由があるんです」

「それにしても、用心が悪かったようだな。日帰りのつもりだったらそのように時間をみはからって来なければならなかったし、そうでなければ泊まるところを決めて来なくては……」

「そのとおりなんですが、何分にも急な命令を受けたもんで……」

「うん。そいつは気の毒だ。なんなら、おれの家へ泊めてやってもいいんだが……」

と、男は大場の期待を裏切らなかった。やはり、地方の人は親切だと、大場は胸のうちで幾度も頷《うなず》いた。

「出来たら、是非そのようにお願いしたいんですが。もちろん、お礼は致します」

大場は、男に頭を下げた。

「お礼なんかいらないけど、何もかまえねえよ」

男は、人のよさそうな笑いを浮かべた。

「そんなことは、結構です。どうぞ、よろしくお願いします」

「じゃあ、行きがけにおれの家を教えておこう。おれは、大久保の先にある麻生というところに住んでいるんだ。ダムから、そう遠くはないよ」

「どうも、すみません」

この男に会えたことは、幸運だった。家に泊めてもらえることばかりではない。ダムへ行く途中まで、この男が、案内人になってくれたようなものだったのである。

バスを降りてからの道は、山路と殆《ほとん》ど変わりなかった。奥行の深い山林が続き、道端に大きな岩が転がっていたりした。

白石山が、すぐ目の前にあった。もう、秩父連峰を望見することは出来なかった。山の懐《ふところ》に入り込んでしまっているのだ。

「今年は雪が少ないから、ずいぶん楽だよ」

先に立って歩きながら男が言った。それでも、寒さが身にこたえた。大場も冬子も、オーバーの襟《えり》を立てて歩いた。冬子の鼻の先が、赤くなっていた。

左手に、真っ白な水の流れが見えた。荒川に違いなかった。

「左から天目山、白岩山、雲取山、大洞山、唐松尾山、それからすぐそこにあるのが白石山だ」

と、男が突き出ている山頂を指さして、観光案内をしてくれた。このあたりは、秩父多摩国立公園の一部なのである。

「シーズンに一度、もっと落ち着いた気持ちでここへ来てみたいわ」

遠慮がちに、冬子が小声で言った。

「いいね」

大場も、同じようなことを考えていたのである。この地へ、冬子と二人で楽しむために来たらどんなに素晴らしいだろうかと、彼は少年のような空想に捉《と》らわれていた。

小一時間ほど歩いて、麻生という部落に着いた。一目で、あまり裕福《ゆうふく》ではないと知れる人家が、山陰に散在していた。

「この道をまっすぐに行けば、すぐにダムだ。ほら、あそこにダムの壁が見えているだろうが……」

男が、ダムの方向を教えてくれた。ここでいったん、男と別れなければならなかった。

「じゃあ、行って来ます。二時間ぐらいで、引き揚げるつもりですが……」

「おれのうちはここだからな。遠慮せずに声をかけなさいよ」

男は、灌木林に囲まれた小さな家を顎《あご》で示した。

大場と冬子は男と別れて、更に細くなった道を先へ進んだ。岩を嚙む川の流れがすぐ左側にあった。二人きりになると、やはり心細かった。冬子は大場の左腕に縋《すが》りつくようにして歩いた。建築事務所らしい建物の灯を認めたのは約二十分後であった。

凄まじい轟音が二人の耳を覆《おお》った。建築事務所の背後に、巨大なコンクリートの滑《すべ》り台が据《す》えてあった。滑り台の表面を、相当な速さで水が流れ落ちているのだ。

非溢流式ダムを見なれている目には、壮観であった。非溢流式ダムというのは、コンクリートの表面を水が流れ落ちるのではなくて、管を通して水を落とす仕組みになっている。従って、このように表面を水が流れているダムは、溢流式ダムと言うのだろう。

白石ダムは、水力発電を目的に作られたものではない。それに、規模も小さかった。しかし、こうして近くで眺めるダムは、巨人の住む城であった。

まさに、天を突く石像と言うべきだろう。

二人は、建築事務所に近づくまで、ダムの方に気をとられがちだった。

建築事務所は、それでも小住宅ぐらいの広さはあるらしい。ブロック建築で、窓から洩《も》れている光線は蛍光灯のそれだった。

『白石ダム建築事務所。日本資源開拓公団』という看板が、事務所の入口にかけてあった。大場は、事務所のドアをノックした。返事はなかったが、すぐドアが開かれた。

「はい」

顔を出した背広姿の男が、無愛想な声で言った。

「誰ですか?」

「道に迷ったんですが……」

この場合、そのように言うよりほかはなかった。

「麻生部落まで、一本道ですよ。川沿いに下って行けばいいんです」

事務所の男は、冷淡であった。

「寒くて仕方がないんです。お茶でも飲ませて頂けませんか」

相手が冷ややかであるだけに、大場もあつかましいことを言えた。

「何だってまた、冬の奥秩父に来たりなんかしたんですか」

舌打ちをしたそうな口ぶりでそう言いながらも、事務所の男はドアの前を離れた。

「白石ダムを、見たいと思ってね」

と、大場は冬子の腕をとって、事務所の中へ入った。むっとするような熱気が、二人の身を包んだ。五坪ほどの部屋の中央でストーブが真っ赤に焼けていた。

その近くにあるテーブルを囲んで、四人の男たちが額を集めていた。テーブルの上には、設計図らしい紙が広げてあった。男たちはいずれも、公団の技師に違いない。

「白石ダムを見たくて来た……?」

大場たちを事務所の中へ入れてくれた男が、鼻の先で笑った。

「ええ」

「白石ダムに、特別な関心でもあるというんですか？」

男は、皮肉な言い方をした。彼にしてみれば、自分たちが、山にこもって働いているのに、アベックで遊びに来て——といった、腹立たしさを覚《おぼ》えたのであろう。

大場も、こんなことを言うつもりはなかったのである。あくまで、道に迷った男女ということで通そうとしたのだ。だが、相手の邪険な態度に、ムッとした。それで、言わなくてもいいことを口にしてしまったのである。言い出してしまったら、辻褄《つじつま》を合わせなければならない。

「ええ、白石ダムについては、公団総裁のお嬢さんから幾度も聞かされていましたからね」

大場は答えた。

「総裁のお嬢さん？」

男は四肢を固くしたようだった。

「原理恵子さん……。ぼくの親しい知り合いなんですよ」

大場は笑った。テーブルの周囲にいた技師たちも、いっせいに大場の方へ顔を向けた。彼らにしても、サラリーマンであるには違いない。総裁という言葉には、敏感だった。

「そうでしたか……。いや、それはどうも、失礼しました」

素っ気なかった男の態度が一変した。笑顔を作り、腰をかがめる。どうぞというふうに大場と冬子に、壁際のソファを示した。この男の狼狽《ろうばい》ぶりに、大場は内心苦笑した。しかし、悪い気持ちではなかった。むしろ痛快である。

大場は、背後へ手を回して、冬子の胸のあたりをつっ突いた。冬子の返事が、すぐに、彼の背中へ還って来た。

ソファに座った二人に、四人の技師たちも目礼を送ってくる。理恵子と親しい仲だと言ってしまって、その方が、かえってよかったのかもしれない、と大場は思った。

「大変ですね、山ごもり……」

と、大場は技師連中に声をかけた。

「ええ、どうも寂しくていけませんね。総勢五人の山ごもりでは……」

いちばん若く見える技師の一人がテーブルの傍《そば》を離れて、大場の方へ近づいて来た。それを機に、ほかの技師たちも思い思いの方向へ散った。

湯呑みに茶を注ぐ者、煙草に火をつける者、椅子に腰をおろしてテーブルの上へ足を投げ出す者、まずは一服というそれぞれの姿態であった。

「それに、今度の仕事にはあまり熱が入らないでしょう。何しろ、人の尻拭《しりぬぐ》いをするみたいなものなんですから……」

と、目の前に立った若い技師に、大場は言った。

「尻拭い……?」

技師の目が、キラッと光った。警戒するような眼差《まなざ》しである。

「そのことも、原総裁のお嬢さんから聞いたんですがね……」

「尻拭いというのは、どんな意味なんですか」

「つまり、いったん完成した白石ダムなのに、ある人間の不心得から絶対安全とは言えない建設工事だったということが分かった。それで、あなたたちは、最も少ない費用で、どのようにして補修工事をすることが出来るか、技術面で研究するように命じられたんでしょう」

「さあ、そうした詳しい事情は知らされていませんね。ただ、当初の設計に欠陥があったのではないかという疑問が生じただけなんですがね」

と、若い技師は逃げを打った。極秘という命令が出ているのだろう。

「明日、原総裁が現地視察のために、ここへ来られますよ」

話題を変えるように、技師はつけ加えた。

「明日、総裁がここへ来る……」

大場と冬子は、固い顔を見合わせた。

第六章　欲　望

1

大場と冬子は三十分後に白石ダム建設事務所を出た。技師たちの異常な警戒ぶりに会って、何も聞きだせなかったのだ。分かったのは、明日、原総裁がここを訪れるということだけである。

二人は、寒さに背をまるめながら、川沿いの道を下って行った。あの親切な男の家へ行くつもりだった。そうするほかは、どうすることもできないのである。この山奥で、一夜を過ごすのは心細くもあった。これという収穫もなかったせいか、俄《にわか》に疲れが出たようである。灌木林に囲まれた男の家は、大きな山小屋という感じだった。赤茶けた灯の色が、窓ガラスに輪を作っていた。

入口がどこにあるのか、一目では見当がつかなかった。結局、家のまわりを半周して、それらしい板戸を発見した。板戸を引くと、暗い土間で人の顔が振り向いた。粗末な衣服をまとった女であった。年頃から察してあの男の妻にちがいない。

「あのう……」

何といっていいのか分からずに大場は口ごもった。

女も驚いたように目を見はっている。

「やあ、ずいぶん早かったじゃないか」

ふいに奥から大声がかかって、茶色に色がわりした障子に男の影が映った。

「遠慮しないで、上がったらどうだね。こいつと二人暮らしだから気がねはいらないよ」

障子の間から顔を覗《のぞ》かせた男は、顎《あご》で妻を示しながらいった。

「どうもすみません。お言葉に甘えて、厄介《やっかい》になりに来ました」

男は大場の挨拶も半分耳に入れていなかった。男はさっさと奥へ引っ込んでしまった。

大場と冬子は、土間に靴を脱いで男のあとに従った。この家にしみついている異様な匂いがしたが、決して不快な悪臭ではなかった。灰の匂いか、さもなければ古木のような匂いであった。

六畳間の中央に、炉《ろ》が掘ってあった。男は炉燵《こたつ》で、酒を飲んでいたらしい。顔が赤いのは、炎のせいばかりではないようである。

「間もなく飯ができるからな」

男は言った。酔っているのだろうか、先刻よりも親しみやすいような気がした。

「さあ」

ぎごちなく座り込んだ大場と冬子の前に、男は薄汚れた茶碗《ちゃわん》を置いた。冬子が女であることも、まったく念頭においてないみたいであった。戸惑っている冬子の顔を見ようともしないで、男は一升ビンの中味を茶碗についだ。焼酎《しょうちゅう》のようである。

大場は、仕方なく茶碗に口をつけた。口の中が焼けるように熱く、強い匂いが鼻をついた。

「ダムで、何か分かったかね?」

男は、笑顔を見せた。上機嫌である。

「いやそれが……」

首を捻《ひね》りながら、大場はこの男から何か聞き出せるのではないかと思い立った。

桜井技師の自殺事件は、この近辺ではかなりの評判だったという。この男も当然、噂についても百パーセント知っているに違いない。

それに、この男は、現在酔っている。アルコールは人の口を軽くする。彼なら、警戒することもなく喋《しゃべ》ってくれるだろう。

「こうなったら、あなたにお訊《き》きするよりほかはありませんね」

大場は、そう言って男の顔色を窺《うかが》った。

「おれには、何もわかってはいないが……」

口ではそういったものの、男の顔は満更《まんざら》でもなさそうであった。訊かれると得意気に答えるといった人のよさが、この男には感じられるのだ。

「いや、こういうことは土地の人に訊くのがいちばん確かでしてね」

「それはまあ、そうだろうな。身近なことには、誰でも関心が強いから……」

と、男は早速話に乗ってきた。

「技師は、首を吊って死んだそうですが……」

「そうなんだ。ダムの左側にある山を百メートルばかり登ったところでね。下手すれば、春になるまでは死体が見つからなかったところだよ」

「なぜ、首を吊ったりしたんでしょうね?」

「そりゃあ、そうすればいちばん楽だと思ったからだろう」

「しかし、ダムの水の中に飛び込んだ方が簡単じゃないですか。氷もそんなに厚くなかったというし……」

「やっぱり怖かったんだろう」

「睡眠薬を飲んでから、首を吊ったというのがどうも腑《ふ》におちないんですよ。睡眠薬とガスという取り合わせなら分かりますけれど、首を吊るぶんには睡眠薬など飲んでも何の効果もないでしょう」

「確かにそうだな」

「どうしても、疑いたくなるんですよ」

「すると、やっぱり自殺ではないと見ているんだな」

「実はね」

「うん。そう言われると、どうも……」

「どうも、何ですか？」

「余り、言いたくないことなんだ」

男は、気難しそうな面持ちになった。言っては不味《まず》い、しかし言ってみたいと、明らかに迷っているのである。

大場は、このままにしておけないと思った。男はある秘密を知っているのだ。それを訊《き》きだすことがこの事件の鍵になるような気がする。傍らで、冬子も緊張した眼差《まなざ》しになっていた。

「お願いですから、教えて下さい」

と大場は上半身を乗り出した。

「そうだな……」

男は、まだ躊躇《ちゅうちょ》している。よほど言いにくいことらしい。大場はますます、興味を覚えた。

「あなたに、迷惑をかけるようなことはありません」

「喋《しゃべ》ったからといって、こっちに迷惑がかかるようなことではないんだ」

「それなら、おっしゃって下さいよ」

「ただ、三郎を裏切るような気がしてな」

「三郎？」

「石田の三郎という男なんだ。おれとは子供の時分から遊び友達同士さ」

「その人と、技師が死んだ事件とはどんな関係にあるんです？」

「三郎が、その技師の死体を発見したんだよ」

「死体の発見者……」

　桜井の死体を発見したのは、土地の老人だと聞いていた。石田の三郎というのが、その老人だったのである。男が言わんとしていることは、意外に重要であった。大場は、冬子と顔を見合わせた。この場で、何か摑《つか》めそうな予感がしたのだった。

「その三郎という人がどうしたんです？」

　大場の口調も、やや鋭くなっていた。

「絶対に、警察に言ったりしないだろうな？」

男は、仕方がないというふうに肩で吐息した。

「絶対に、約束します」

大場は、男の茶碗に焼酎《しょうちゅう》をたしてやった。

「実はだな……」

男は焼酎を一息に飲み干して、濡れた唇を手の甲で拭《ぬぐ》った。

「三郎は、死体を発見したとき、拾いものをしたんだ」

「拾いもの？」

「つまりだな、死体のそばに落ちていたものを黙って自分のものにしてしまったというわけさ」

「それを拾ったことを、警察にも知らせなかったんですね？」

「そりゃそうだ。珍しい品物だったので、三郎はふとその気になって自分のものにしてしまった。警察へ届けてしまってから、それを出すわけにはいかなくなったんだ。まあ出来心……軽い気持ちでやったことなんだよ。金を盗んだりはしなかったんだからな」

「その品物は、いったい何だったんです？」

「ライターだよ」

「ライター……？」

「ガス・ライターというんだろう。大きなライターで金色なんだ。それに凝った彫刻がしてある。三郎は一人だけの秘密にしておくのが怖くなったらしく、おれにだけそっとみせてくれた」

「それが死体のすぐ近くに、落ちていたもんなんですね？」

「そうなんだよ。死体の足のところに落ちていたんだそうだ」

「じゃあ、自殺した人間の持ちものだったということになる」

「おれたちも、最初はそう思った。だから、川へでも投げ込んだ方がいいと、おれは三郎にすすめた」

「どうして最初だけそう思ったんですか？」

「そこなんだよ。あんたが自殺じゃないと言うので、ふと気になり始めたことというのは……」

「どういう意味です？」

「あの技師の死体からライターが出てきているじゃないか。つまり、あの技師は自分のライターをちゃんと持っていたんだ」

「そうか……」

大場は、音がするほど強く、自分の膝を叩いた。桜井技師の死体からは現金一万三千円入りの財布、煙草、ライター、睡眠薬の小箱、それに遺書と思われる手紙が見つかったと聞かされているではないか。桜井は、自分のライターをポケットに持っていたのだ。にも拘《かかわ》らず、三郎という老人が桜井の死体のそばで、別のライターを見つけたという。

「ライターを、二つ持って歩くという人間は、いないだろう」

男が言った。

「その通りです」

大場は深々と頷《うなず》いた。この男の着眼点は、狂ってはいないのである。マッチとライターを同時に持ち歩く人間はいる。しかし、ライター二つを所持するということは九分通り考えられないのだ。

「すると、三郎が拾ったライターは誰のものかということになるな」

喋《しゃべ》ってしまってホッとしたというふうな男の顔つきであった。

「そうですよ」

「三郎が拾ったライターの持ち主が、あの技師を殺したのかもしれない」

「そうに違いありません。そのライターを落とした人間が、大して気にしていないのも、三郎という人が拾ってしまったからでしょう。つまり、ライターの落とし主は、死体のあった場所以外のところでライターをなくしてしまったんだと思い込んでいるんですよ」

「そのライターを見せてもらえないでしょうか?」

「それは駄目だ。とても、三郎には言えないよ」

「どういう形なのか、それだけを知ればいいのです」

「いや、駄目だ。それだけは、承知できない」

「どうしても?」

「うん」

男は、頑《かたく》なに拒《こば》んだ。このことは、諦《あきら》めるよりほかはなかった。勿論、警察へ知らせるつもりはない。とすれば、あくまで彼らの意志を尊重しなければならないのだ。

しかし、大した収穫を得たわけである。桜井の死もまた自殺でないことを確認したようなものだった。莫大な預金を残して死んで行ったこと、これという動機もないのに自殺したということ、睡眠薬を飲んで首を吊ったという奇妙な死に方、そしてライターの一件——これだけ、裏付けが揃《そろ》っているのだ。桜井は殺されたのだと判断して、不思議はないはずである。

2

十時頃になって、大場と冬子は奥の四畳半に案内された。壁も天井も、黒く光っていた。そして部屋には、木綿の布団が一組延べられてあった。大場と冬子を、夫婦かそれに近い間柄の男女と見たのだろう。あるいは、使ってない夜具が一組きりなかったのかもしれない。いずれにしても贅沢《ぜいたく》は言っていられなかった。二人は、電気を消してから布団の中にもぐり込んだ。寒かった。互いの体温が、唯一の救いであった。

大場は、とても寝つけなかった。場所が変わったというせいもあるし、考えることが多すぎた。それに明日は原総裁を、この白石ダムに迎えるのである。

冬子も、寝られないようであった。身体を固くして、息まで詰めている。眠っていないことは、そうした気配だけでも分かった。

「明日、総裁に会うつもり?」

やがて背中を向けたままで冬子が言った。

「勿論だよ」

大場は眠ろうと努めるのをやめて、枕許の灰皿を引き寄せた。

「会ってどうするの?」

「泥を吐かせるんだ」

「できるかしら?」

「多分ね」

「でも、確証はないのよ」

「あるじゃないか」

「推測にすぎないわ」

「推測でも、相手の反応を見て事実だということが確かめられるはずだ」

「義兄の死、桜井技師の死、その輪郭《りんかく》は九分通り摑《つか》めたわね。でも、ただそれだけのことなんだわ」

「君はずいぶん悲観的だ」

「じゃあ訊《き》くわ。犯人は誰?」

「原総裁。理恵子も、協力者には違いないだろう」

「動機は?」

「それは……」

「明確に言えないでしょう」

「見当はつく」

「駄目よ。動機も把握《はあく》していないのに総裁と対決して何ができるの。こっちが、気違い扱いをされるだけだわ」

大場は黙って、煙草に火をつけた。冬子にそう言われると、確かに自信が薄れていく。気ばかり焦っていて、彼は、闇に向かって煙を吐き出した。

「ねえ……」

再び、冬子が声をかけて来た。彼女は胸のうちで何か新しい事柄を温めているらしい。それを大場に聞かせたいのだ。そんなとき、何となくまわりくどい会話をしたがるものである。

「何だい？」

大場は、すぐ煙草の火を消した。暗闇での喫煙は、少しも美味しくなかった。

「最初から、事件について整理してみない？」

「うん」

「原総裁と会うためにはそのくらいの準備が必要よ」

「どういうふうに整理する？」

「まず、義兄が原邸を訪れたわね」

「あれは、総裁や理恵子たちと打ち合わせた上でのことだった」

「気違いだと、わたくしたちにも思い込ませるためにね」

「そうだ。総裁は、青山の汚職を知った。それで、そのことを黙認するから、一時、精神異常であるように装えと条件を出したに違いない」

「義兄は、自分の将来と自分の行為を確保するために、総裁の言いなりになってあんな芝居をした。理恵子はその相手になって一役買ったわけね」

「そうなんだ」

「総裁は何のために、義兄を気違いにしなければならなかったのかしら？」

「市橋若葉を殺して、自分も死んだという舞台を設定するためにだ」

「総裁は、どうして若葉まで殺してしまわなければならなかったの？」

「うん……」

大場は、またも口を噤《つぐ》んだ。ここにも、明確に答えられない謎があったのである。

青山を、一人で死なせてもかまわなかったわけである。特に、道づれを作る必要はなかったのだ。とすれば、市橋若葉も総裁にとっては邪魔な存在だったということになる。なぜ、邪魔だったのか。

「彼女もまた消してしまわなければならない理由があったんだろう」

大場は、漠然とした答えを口にするほかはなかった。

「そんなの、駄目よ。もっと、はっきりした結論が出ていなければ……」

と、冬子は腹這《はらば》いになった。

「君は、新しい分析をすませたらしいね」

冬子が話に熱中して来たのを見て、大場はそうと察した。

「単なる推理にすぎないけどね」

闇の中で、冬子の目が光った。

「聞かせてくれよ」

「市橋若葉が総裁秘書室へ転属を命ぜられた日が問題なの」

「確か、十月二十二日だったな」

「義兄の手帳が余白になったのも、それと同じ日からだったのよ」

「うん。その妙な符合については、ずいぶん考えてみた」

「それまで、若葉さんは、技術局にいたわね」

「そうだ」

「そして、桜井技師から求愛されていたわ」

「当然、若葉と桜井技師は親密だった……と言いたいんだろう」

「そうよ。親しくしていれば、相手の秘密を嗅ぎつけてしまうこともあり得るわね」

「うん」

「若葉さんが、桜井技師と義兄の汚職について察知したとしたら……?」

「報告するようなことは、まずないだろうな。自分の立ち場が悪くなるし、桜井に対する憤りもあるだろうから」

「でも、もしそうするのが当然であるような立ち場にいたとしたら、彼女はどうするかしら？」

「もっと、具体的に言ってくれよ」

「つまり、言わないではいられないような立ち場よ」

「例えば？」

「総裁秘書室……」

「なるほど……」

「若い女の人には、ありそうなことなのよ。現場から、秘書室へ引き抜かれた。何となく感謝してしまって、自分の仕事や総裁に対して心から忠誠を誓いたくなるの」

「分かる」

「若葉さんも、総裁秘書になって、わが家の一大事とばかり、桜井さんや義兄の汚職についてご注進におよんだんじゃないかしら」

「総裁にかい？」

「勿論よ。忠義だてするには、相手が総裁でなければならないわ」

「それを聞いた総裁が、即座に手を打った……」

「それで、十月二十二日以降、義兄の手帳には何も書かれなくなったんじゃないかと思うのよ」

「面白い想定だ。しかし、せっかくご注進におよんでくれた若葉を、総裁はなぜ殺した？」

「そこで、わたくしは思い当たるの。こんどの事件で死んだ三人の人たちは、いずれも白石ダムの汚職について知っているじゃないの。二人は、汚職をした当事者、もう一人は、それを知って総裁に直訴した人……」

「総裁は、この汚職事件を何とかして隠し通そうとしたということになる」

「そうとしか考えられないわ」

「責任者の立ち場としてか……？」

「違うと思うの。総裁個人にとって、何らかの形で利害が絡《から》むんだわ」

「君の想定は、そこまでなんだね？」

「そう……」

冬子は、枕に顔を押しつけてしまった。大場も身体の向きを変えて暗い天井を見上げた。やはり、結論は出ないのである。明日を、待つほかはなかった。

3

翌朝、大場は早く目を覚した。だが、冬子の姿はすでに夜具の中にはなかった。彼女もやはり、ろくに眠らなかったのだろう。

睡眠時間は、ほんの三、四時間ぐらいだったが、頭の中は冴えていた。緊張しているのである。原総裁が白石ダムへ視察に来るというのは午後からだそうだが、大場はとても夜具の中にはいられなかった。

大場は洋服に着替えて、四畳半を出た。足の先も手の指も凍っているように冷たく、吐く息が白かった。

「二人とも、ずいぶん朝が早いんだね」

土間の竈の前にしゃがんでいた女が言った。

「ええ。すみません、顔を洗いたいんですが……」

大場は、炊きかけの飯の匂いを吸い込みながら、答えた。

「外に、井戸があるから……」

女は、しゃがんだまま動こうともしなかった。

「ご主人は、まだお休みですか?」

大場は訊《き》いた。

「いや、三十分ばかり前に家を出て行ったけど……」

「そうですか……」

大場は、靴をはいて土間の外へ出た。冷たいが、澄みきった朝の大気が胸にしみた。目の前にある山の頂上のあたりは、すっかり明るくなっていたが、中腹から下の方は朝霧にかすんでいた。林も河原も、乳色にぼかされている。墨絵のような、朝の光景であった。

冬子が、井戸端に立っていた。顔を洗い終わって、あたりを見まわしながら櫛を使っているのだ。

「素晴らしいね」

大場は井戸の水で顔を洗いながら指の間から冬子に声をかけた。

「人間がいやになるような景色ね」

と、冬子は振り向かずに言った。

「朝のうちに、少し散歩してみようか?」

「気持ちに余裕ができたのね」

「そういう訳でもないけれど……」

「散歩を考えついたのは結構なんだけど……。わたくしもそう思いついて、おばさんに言ったら、笑われちゃったわ」

「なぜだい？」

「寒くて、散歩どころじゃないって……」

「そうか」

大場は苦笑した。景色というものは目で見ていた方がいいのかもしれない。それは、人間にも似ているではないかと彼は思った。冬の風景の中に入って行けば冷酷な寒さがあるように、人と接する人間の内部にも欲望の炎が燃えさかっているのだ。

欲望が罪を犯し、欲望が悲劇を作る。原総裁の内部に秘められている欲望は、いったい何か。

大場は、あの温厚な紳士ふうの総裁の顔を思い浮かべた。

このときである。大場は背後に人の気配を感じて慌《あわ》てて振り向いた。そこにはこの家の主人がひっそりと佇《たたず》んでいた。

「どこかへ、行ってらしたんでしょう？」

お早ようの挨拶のつもりで、大場は一礼しながらそういった。

「うん……」

男は、重苦しく頷《うなず》いて見せた。ひどくつきつめたような表情である。

「どうかしたんですか？」

「おれは、三郎のところへ行って来た」

「それで？」

「おれは、あの男を騙《だま》したんだよ。三郎が見ていない間に、これを黙って持ち出して来た」

「え？」

「すぐ返して来なければならないから、ちょっと見るだけだよ」

男はそう言って右手を大場の目の前に差し出した。その掌の上には、金メッキのガス・ライターがのっていた。

「すみません。感謝しますよ」

大場は、怖々と指先でライターをつまみ上げた。ロンソンの、大型ガス・ライターだった。両面にバラの彫刻がほどこしてある。なかなか豪華な品物だった。誰でも持っているというようなライターではない。

イニシャルでも彫りつけてないかと調べてみたが、そうしたものは見当たらなかった。だが、これだけ自分の目で確かめておれば、どういうライターであったか口で言うことができるはずだった。

「どうも、ありがとうございました」

大場は礼を述べて、ライターを男の掌に戻した。

男は照れたように笑って、河原の方へ立ち去って行った。

大場と冬子は、正午前に、男の家を辞した。金を渡そうとしたが、男は、どうしても受け取らなかった。

「いい人ね」

ダムへ向かう途中で冬子がしみじみと言った。

「山の男だよ」

今別れたばかりなのに、大場はもう男を懐かしく感じていた。

建築事務所の前まで行くと、昨夜、最初に顔を出した技師が二人に向かって手を振った。警戒はしながらも、やはり東京の人間に会うのは嬉しいらしい。普通の世間話をしたいのが彼らの気持ちなのだろう。

しかし、大場には彼らと雑談をかわすつもりはなかった。嫌な顔をされようと、彼らには向かないことを話題にしなければならないのである。ここにいる技師たちが桜井の死についてどの程度関心を抱いているか知っておく必要があった。彼らがまったく総裁の腹心なのか、それ如何によっては総裁との対決の場を考えなおさなければならないのだ。

「昨夜はどうも……」

大場は、石炭ガラをまいている技師に近づいた。

「いやいや、やっぱり、泊まれと言ってくれたこの土地の家に泊まったんですか?」

技師は、白い歯を見せて笑った。

「ええ。そこで、思わぬことを聞き込みましたよ」

「何か、珍しい話でも……?」

「勿論。桜井さんをご存じでしょうね?」

「亡くなった桜井課長なら、知ってますよ」

と、技師は早くも深刻な表情になった。

「あの桜井さんは、殺されたんですね」

大場は、こともなげに言い放った。それがかえって、相手の意表をついたらしい。技師は一言も発さずに息をのんだ。

「ということが、この土地の人の話で分かったんですよ」

「そうですか……」

技師は強いて、反論を試みなかった。素直に、大場の話を受け入れたようである。

「あなたは、どう思いますか」

「さあ……。われわれには分かりませんね。公の発表を信ずるほかはありません」

「でも、桜井さんに自殺する原因がないとは思われたでしょう？」

「ええ。その点、われわれも不思議に思いましたがね」

「殺されたんだから、自殺の原因なんてないはずですよ」

「桜井さんは、誰に殺されたんです？」

「それが分かっていれば、こんなに落ち着いてはいませんがね」

技師たちは、どうやら傍観者のようである。特に総裁に協力していると思われるふしは感じ取れなかった。やはり彼らは、単なる技師たちにすぎないのだ。ここで、総裁と対決しても障害はなさそうである。

「ところで、あなたは原総裁とよくお会いになりますか？」と、大場は話題を転じた。

「ええ。この工事に関係するようになってからですがね」

技師は答えた。

「総裁は、煙草を吸いますか？」

「葉巻と、普通の紙巻と両方やりますよ」

「ライターを使っていましたか？」

「ええ。ガス・ライターをね。金色の、ロンソンとかいう話を聞いたことがあります」

「なるほどね」

「どうして、そんなことを知りたがるんです？」

「いや、別に……」

「じゃあ、桜井さんの件について、もう少し詳しく話してくれませんか」

「殺されたということだけで、それ以上はぼくも知らないんですよ」

「しかし、殺されたんだというからには、それなりの根拠があるんでしょう」

「そこまでは、どうしても聞かせてくれないんです。じゃあ、ぼくたちは、これからダムを見せてもらいに行って来ますから……」

曖昧《あいまい》に言葉を濁して、大場は技師の傍《そば》を離れた。ダムを見る必要などなかったが、今はそんなことでもしなければ格好がつかないのである。大場と冬子は、ダムの上に通ずる、アスファルト道路を登って行った。

「ライターの持ち主は、原総裁だと確定したわね」

冬子が肩をつぼめて言った。

「あれだけの証言があるから、絶対だな」

大場は、あのロンソンのガス・ライターを、脳裡《のうり》に描いてみた。

「原総裁が、直接手をくだして、桜井さんを殺したんだわ」

「睡眠薬は、ほかの薬だと言われて飲まされたんだ。ここへ連れて来られるまでに、桜井は相当のウイスキーを飲んで酔っ払っていたんじゃないだろうか。ウイスキーと睡眠薬で桜井の意識が朦朧《もうろう》となった。原総裁は、そうなった桜井を吊したんだ」

「桜井さんが行方をくらましたのは、十二月十四日の夜よ。その日のうちに白石ダムまで行きつくことはできないから、殺されたのは翌日十五日だと思うの。総裁と桜井さんはこの十二月十四日の夜から、行動を共にしていたんじゃないかしら？」

「そうでなければ、十四日の夕方からなんて中途半端な時間に行方をくらますはずはないからな」

「そうよ。多分、二人は十四日の夜、寄居とか拝島とか、ここへ来やすい小さな町の小さな旅館にでも泊まったのに違いないわ」

「総裁の、十二月十四日の夜から十五日いっぱいのアリバイを調べれば、はっきりすることだ」

「ちょっと、待って……」

冬子が、大場の右腕を摑《つか》んだ。

「あれ、総裁たちの一行じゃない？」

冬子に促《うなが》されて、大場も振り返った。

河原と建築事務所付近の平地が一望にできる川沿いの道を、六、七人の人間が一列になって歩いて来るのが見えた。

「理恵子も一緒だわ！」

列の中に赤い一点も見出して、冬子が叫んだ。

大場は、全身の筋肉が硬直するのを覚えた。

4

原総裁とその随員たち一行は、やがて建築事務所の前に到着した。大場と冬子がいる位置からも、かなり鮮明に彼らの顔や服装を見定めることが出来た。やはり、赤いオーバーを着込んでいる女は、理恵子だった。まさかこの地に、大場たちが来ているとは想像すらしていないのだろう。理恵子は外交的な微笑を、迎えに出た技師たちに振り撒《ま》いていた。

事務所にいた技師たち全員が総出で総裁を出迎えていた。事務所の前には十数人の人間たちが、集まったわけである。山奥に、そんな人垣が場違いな感じであった。

「総裁が、煙草に火をつけるわよ」

冬子が言った。なるほど、総裁が煙草を口にくわえるのが、この場からもよく見えた。総裁はオーバーのポケットを探ってマッチを取り出した。期せずして大場と冬子は顔を見合わせた。

「マッチか……」

大場は肩をすくめた。

「総裁ともなればライターの二つや三つ持っているでしょうに……」

冬子が首をかしげた。

「余分なライターがあったとしても、なくしたロンソンを愛用していたとすれば、マッチを使うかもしれないよ」

「それで、どうするつもり？　ここから彼らを見張っていても仕方がないと思うんだけれど……」

冬子は眼下に集まっている一行と大場の顔を交互に見やった。

「うん。しかし、まだ総裁と対決する時ではないと思う。もう少し、様子を見ていたいんだ」

大場は、総裁の口から吐き出される紫色の煙を、遙か遠くに認めた。総裁の一行と技師たちは何かしきりと話し合っている。多分、工事とは関係ない世間話だろう。笑顔が四つ五つ見えている。

「青山は、なぜ汚職などする気になったんだろう」

大場は、ダムを見やって、今は亡き友の生前に小さな感慨を覚えた。大学時代から潔癖症の青山だった。この天を突く巨大な石像を作るのに、大量の資材を動かして金品を受け取ったなどとは、いまだに信じられないことだった。

「魔がさしたんでしょうね」

と、冬子も寂しそうな口振りだった。

「そんなに、土地が欲しかったんだろうか。妻子をあのような目に会わせてまで……」

「でも、わたくしは義兄を恨《うら》んではいないわ。義兄だって、家庭生活の安定を求めていたんだから……」

「青山は多分、一人だけだったら、そんな大それたことはしなかったに違いない。桜井という仲間がいたからこそ、出来たことなんだ」

「欲望は、抑えきれないものだと思うわ。目の前に、お金が積んであるかないかで、人間の善悪って決まってしまうものじゃないかしら」

「そうかもしれない。とすると原総裁の目の前に積んであるものは、一体何だろうか？」

「お金じゃないでしょうね。大変な財産家だそうだから……」

「地位、名声、権力、名誉……」

「そのうちの、どれかだわ」

「ぼくは、原総裁の欲望が政治家に向けられているような気がするんだ」

「代議士？」

「現在の代議士は地位、名声、権力、名誉、それらのすべてを含んでいる職業だからね」

「なぜ、そんなふうに考えたの？」

「原総裁は、政治にはまったく興味がないと聞いていた。理恵子も、そのことをぼくに強調した。しかし、どうしてそのように印象づけなければならなかったのだろうか」

「政治に興味がなかったとしたら、強いてそうだと主張しなくともいいわけね」

「そうなんだ。興味があるとかないとか言わないからこそ、無関心だということになるんだよ」

「だから原総裁には政界へ出馬する意思があると言うの？」

「それだけの根拠ではない。君もぼくと一緒だったから、覚えているだろう。桜井技師の義理の妹が経営している赤坂の『川豊』という料亭へ行ったね？」

「ええ」

「川豊で隣の部屋から聞こえて来る女たちの話し声を聞いたじゃないか」

「そうそう、はっきり覚えているわ。面白い偶然で、あの時の女の人たちは原総裁のことも話題にしていたわね」

冬子は、目を輝かせた。

赤坂中ノ町にある料亭『川豊』へ行ったとき大場と冬子は隣の座敷から洩《も》れて来る女たちの饒舌《じょうぜつ》を耳にした。水商売の女たちで、知名人の客についてあれこれと噂話をしていたのである。

「でも、あの人も素敵だったじゃない？　品があって背も高くて、男性的な顔立ちで……」

「どの人？　そんなお客さんいたかしら……」

「あんまり喋《しゃべ》らなかったから、めだたないのよ。竹中さんの左側に座っていた人……」

「ああ、原さんっていう人……」

「原さんって人なの？」

「資源開拓公団ってあるでしょう？」

「うん」

「そこの総裁よ……」

「総裁なの……？」

「今夜の主賓は、あの原っていう総裁だったのよ」

「そうだったの？」

「財界ではちょっとした大物だっていう話だったわ」

「金持ちとは、ますます魅力的だわ」

「でも、総裁が何だって今夜、竹中先生やマーさんの招待を受けたのかしら……？」

「その辺には、いろいろと事情があるんでしょう」

「政界へ出馬するんじゃない？」

「そうねえ。そんなふうな話も出ていたわね。竹中派として立候補するんじゃないかな」

「総裁の任期も、あと一年とちょっとだなんて、竹中先生が言ってたしね」

「総裁だから、政界へ出馬しても、すぐに実力者ね」

「その気十分だったじゃない、あの原さんて人……」

女たちは、こんなことを話し合っていた。このときは原吉三郎が政界出馬の準備をしているらしい――と大場も意外に思ったものである。あのような女たちはあらゆる世界の内幕を知っているものだ。表面上は隠されていても、女たちは想像以上に正確な事実を知っている。原総裁が、国会議員として立候補する意思でいるという情報は、確かだと言っていいだろう。

「あと一年とちょっとで、総裁の任期が切れる。その後に国会解散があれば原総裁は政界へ出馬するつもりでいるに違いないよ」

大場は断定的に言った。

「とすれば、白石ダムの汚職事件は、原総裁にとって取り返しのつかない黒星となるわけね」

冬子は、建築事務所を見すえていた。

総裁の一行は事務所の中へ姿を消してしまっていた。責任者である技師の説明を聞いてから、ダムの視察を始めるのだろう。

「汚職事件が明るみに出れば、当然、総裁も責任を問われる。総裁辞職ということはないだろうけれど、世間一般は、公団そのものを批判的な目で見る。そうなれば、国会議員立候補者としての前歴にキズがつくだろう」

「多分ね。総裁自身が汚職をしたわけではないけれど世間にあまり信頼出来る人間ではないという印象を植えつけてしまうでしょうね」

「とにかく、彼にとっては著しく不利になるんだ。何とかして、白石ダムの汚職事件を闇から闇へと葬りたかった……」

「でも、そんな動機で三人の人間を殺すなんて、まるで思慮分別に欠けているみたいじゃない？」

「完全犯罪だという自信があれば、動機には係わりなく人を殺すよ。それに、政界に出馬したいという欲望が原総裁から冷静さを奪い取ってしまっていた。あんなに潔癖だった青山が土地を買い入れたい一心で、あのようなことをして、その上、罪を隠したいばっかりに精神異常者の真似をしたのと同じようにね」

「理恵子は、最初から父親に協力的だったのかしら？」

「そうだろう。ぼくはあの父娘に、奇妙な共通性を感ずるんだ」

「どんな共通性？」

「原総裁は、あんな紳士面をしていて大変な野心家だと思うんだ。娘の理恵子も、同じように、常に野心を燃やしていなければいられないような気がするんだが……。財界の大物の令嬢だったら、もう少しおっとりしていてもいいはずだ。ところが、彼女はおっとりしているどころか、鼻がききすぎる悪商人という感じじゃないか」

「そうね、王様の蔭にいて、政治の実権を握っている腹黒い王妃といった感じはあるわ」

「それに、理恵子としても父親の計画に協力せざるを得なかったのだろう。白石ダムの汚職事件は彼女自身にとっても決して有利なことではない。理恵子はあまり気がないといった言い方をしているが、政界の実力者黒部代議士の息子との結婚には、とても乗り気なんだと思うんだ。対等の立ち場で黒部と結婚するには、弱い尻は禁物だよ。汚職事件は、理恵子にとっても一つの障害だったんだ」

「気違いのふりをしている義兄と、うまく調子を合わせたのも筋書き通りだったのね」

「大した演技者だったよ。あの晩、再び総裁邸へ出かけて行った青山と会ったのも、おそらく理恵子だったんだろう。毒物を入れた飲みものを青山に与えたのも彼女だったのかもしれない。だからこそ、青山は安心して毒入りの飲みものを胃の中へ流し込んだんだ」

「それから、総裁邸を訪れて来た若葉さんを義兄のネクタイで絞殺した……」

「あれは、男の力でなければ出来ないことだから、総裁がやったんだと思う。あとは、青山と若葉の死体を並べて置いて、青山の唇に口紅をつけたり、地面に線を描いたり、何かと細工をすればいいんだ。これで、精神異常者の青山は若葉を理恵子と錯覚して殺した、という現場が完成される」

「桜井技師は、それ以前にここで殺されてしまっていたのね」

「桜井技師を呼び出したのは総裁に決まっている。汚職事件を除いたとしても、技術課長が総裁命令に従わないわけにはいかない。総裁は桜井に汚職事件のことを持ち出して、責任を取れと迫った」

「辞職しろとでも言ったのかしら?」

「いや、そんなことは求めない。ぼくが総裁だったら青山のときと同じように、自分の指示に従うように命令するだろうね」

「どんな指示を与えるの?」

「二つある。一つは、総裁個人にあてた謝罪文を書けということだ。つまり、始末書の代わりというわけだな。謝罪文の文句も、こまかく指示する。これは後日、桜井の遺書として使わなければならないからだ」

「もう一つは？」

「白石ダムへ、案内するように命令を出す。資材をごま化したことによって、ダムがどういうふうに危険になるか、自分の目で確かめたいし、また桜井の説明を聞きたい、というのが口実さ。勿論、白石ダム付近において桜井を殺し、その場に遺書としての彼の謝罪文を残して来るのが目的なんだ」

「桜井技師は、何もかも命令通りにしたのね」

「当然だよ。指示に従えば、汚職については不問にするという条件だったんだろうからね。これもまた青山の場合とまったく同じさ」

「そこまでわかっていて、どうしてあの人たちは無事にすむんでしょう」

「原総裁父娘が自信を抱いていた通り、三人の死は完全犯罪として成功したからだろう。一つは、精神異常者が女を殺して自分も死んだ。もう一つは、仕事の上で手落ちがあり自殺した、ということで解決がついているじゃないか。しかし、彼らにしても不安に思っていることは事実だよ」

「どうして？」

「われわれの存在だよ。少なくとも理恵子はわれわれが何かを感づいたということを知っているはずだ。現在のあの父娘にとって、最も邪魔な人間は君とぼくということになる」

「わたくしたちを、殺そうとは考えていないのかしら?」

「ぼくも、その点は警戒したよ」

「どういうふうに警戒したの?」

「理恵子が伊東の『金鶏館』へお土産だと言って持って来たリンゴさ」

「リンゴがどうしたの?」

「思いすごしかもしれないけれど、もし君があのリンゴに手をつけようとしたら、ぼくはとめるつもりだった。リンゴに毒物を注射しておくということもあり得るからね。それで食べもしないのに、あのリンゴを持って歩いているんだ」

「場合によっては、あのリンゴを検査してもらうつもり?」

「そうなんだ」

「わたくしたちは、とにかくここまで漕《こ》ぎつけたわ。でも、証拠はあのライター一つだけなのよ」

「確かに、あの父娘と対決するのは困難なことだ。彼らは否定すると分かりきっている。いや、きっと笑いとばすか、側近たちに追い払わせるかするだろう。しかし、ぼくは負けるような気がしないんだ」

「なぜ?」

「なぜだか分からない。ぼくの信念かもしれないよ。もし、彼らがぼくたちの主張を鼻にも引っかけなかったら、警察へ行くつもりだ」

「警察が、本気で動き出すかしら。一方は、財界の大物で資源開拓公団の総裁、片方は地位もバックもないわたくしたちなのよ。すっかり証拠が揃《そろ》っているわけでもないのに、警察がわたくしたちの言うことを即座に取り上げると思う?」

「警察がだめなら、新聞社へ行くさ」

「新聞社だって、同じことよ」

「いや、新聞社の場合は、殺人事件を正面から持ち出さないんだ。白石ダムの汚職事件を、取り上げてくれるように頼み込むんだよ」

「汚職事件にしたって、証拠があるわけではないでしょう」

「あるじゃないか」

「どんなこと?　汚職について知っている三人は死んでしまっているのよ」

「桜井技師と青山が遺して行った莫大な預金がある。二人が不正なことをしなければ、それだけの金を絶対に入手出来るはずがないと立証すれば、信憑性《しんぴようせい》も加わるだろう。青山については、ぼくが証明する。桜井の場合は義理の妹さんが証明するだろう」

「出て来たわ」

と、冬子が呟《つぶや》くように言った。大場も、反射的に視線を建築事務所の方へ向けた。事務所の出口から、技師たちを加えて一行が吐き出されるように列を作っているところだった。先頭には、技師の一人が案内に立っていた。そのあとに原総裁と理恵子が続く。先頭の技師が、上の方を指さした。

「こっちへ来るのよ」

冬子が、大場の腕を抱え込んだ。

「ここで待とう」

大場は、近づいて来る人々の列から、目を離さなかった。

5

白石ダムの資材横流し発覚

殺人の疑いも、資源開拓公団原総裁を召喚

四日後の朝刊のトップ記事に、このような見出しが出ていた。大場は、意味もなく大きな咳《せき》払《ばら》いをした。傍《かたわ》らにいた冬子も、朝刊を覗《のぞ》き込んだ。二人は短い間、顔を見合わせていた。

感動のような熱いものが、胸のうちを流れた。大場は、深呼吸をして胸をふくらませた。

二人の周囲には絶え間なく、行きかう人の動きがあった。だが、しばらくは、その雑踏を忘れていた。上野駅構内いっぱいに響いている騒音も、耳に入らなかった。勝利感も、喜びもあるわけではない。ただ、胸の壁にこびりついていた滓《かす》が綺麗《きれい》に洗い落とされたような気持ちだった。

大場も冬子も、特に言葉を口にするようなことはなかった。何も言わなくても、二人にはすべてがわかっているのである。こうした結果に到達するまでの経緯も、自分たちが火つけ役だったのだから明確にわかっているのは当然だった。

大場は、四日前のあの白石ダムにおける原総裁父娘との対決の場を、嚙《か》みしめるようにして脳裡《のうり》に描き出した。あの時、総裁の一行と技師たち全員は、アスファルトの坂道を登りきって、そこで大場と冬子に気づいたのだった。

随行して来た公団の職員や技師たちは、大場や冬子を見ても別に驚きはしなかった。彼らは大場や冬子とは初対面だったからである。もの好きなアベックが、山奥の小さなダムへ出かけて来たぐらいに思っただけだろう。

しかし、最初に二人の存在に気づいた理恵子は愕然《がくぜん》となったものだった。理恵子は小さな叫び声をあげて父親の肩のあたりをつっ突いたようであった。

総裁も、大場たちの方を見て表情を硬ばらせた。さすがに、娘のように慌《あわ》てはしなかったが、大場は総裁の顔色が土気色になるのを見てとった。

総裁は、敢《あ》えて二人を無視しようとした。顔をそむけると、人造湖の方へ歩き出した。ここで、大場は声をかけないではいられなかった。総裁を呼びとめてもおそらく応じないだろうと思ったから、彼は理恵子に声をかけた。

「理恵子さん、一昨日はどうも。伊豆の伊東と奥秩父とでは、ずいぶん気温が違いますね」

父親のあとを追おうとしていた理恵子は、素早く振り返った。振り返らないではいられなかったのだ。はっきりと名前を呼ばれているのである。随員たちは、総裁のあとに従った。理恵子だけが一人残った。十メートルほどの距離がある。大場と冬子はゆっくりと理恵子に近づいて行った。

まるで能面のように、理恵子には表情がなかった。顔色は紙のように白く、紅をつけた唇だけが鮮烈に赤かった。

「どうしたんです？　ぼくたちがここにいることが、そんなに不思議なんですか」

と、大場は皮肉に笑った。

「あなたたちとお話しする必要はありません」

理恵子は冷然と答えた。平静を装っているつもりだろうが、声は震えて口のきき方もぎごちなかった。

「なぜです？」

「別に理由はありませんけど、話す話さないは個人の意思でしょう」

「しかし、ぼくたちには総裁やあなたと話をする義務があるんです」

「勝手なことを言わないで……」

「理恵子さん。伊東にいたときのぼくと、ここへ来てからのぼくとは、まるで違っているんですよ」

大場は、厳しい口調になった。

「それは、どういう意味なんです？」

理恵子は、ギクリとなったようである。

「はっきり言いましょう。伊東で話したことは、単なる推測にすぎなかった。だから、ぼくも多少は遠慮しなければならなかったんです。だが、今は違う。確証を得ましたからね。ぼくたちは善良なる市民として、あなたたちを詰問しなければならない」

少し無謀すぎるような気がしたが、大場はそう断言してしまった。理恵子は、目を伏せた。機先を制せられて、彼女は反論する余裕を失ったようだった。

このとき、総裁が引き返して来た。理恵子のことが心配になったに違いない。勿論、随員や技師たちも、ぞろぞろと戻って来た。総裁がこっちへ来てくれたことは好都合だった。向こうから対決の場を作ってくれたのである。

「どうしたんだ、理恵子……」

娘にそう声をかけてから、総裁は大場の方へ鋭い視線を向けた。恐怖と怒りが入り混った面持ちである。

「何だね、君たちは……」

総裁は、激しくそして横柄な口のきき方をした。追いつめられた今、彼は財界の大物、資源開拓公団の総裁という自分の地位と権力を、防壁に使おうとしているのである。

「しばらくでしたね、総裁」

大場は、落ち着きはらって言った。総裁が、何か言いかけた。大場は右手を上げてそれを制した。

「まさか、君たちのことは知らんなどとは言わないでしょうね」

大場は相手の口を封じておいて、まず先手を打った。

「君たちと会ったことがあると言うのかね?」

総裁の頰のあたりが痙攣《けいれん》していた。もう温厚な紳士の顔ではなかった。ひどく苦しそうである。

「忘れたんですか?」

大場は、大げさに驚いて見せた。

「毎日、大勢の人間と会うからね。一度ぐらい会っただけでは、いちいち相手を記憶していないよ」

「少し、無理な弁解ですね。あなたの家の庭で二人の人間が死んだ。そのことまで忘れてしまったんですか?」

「そんなことは言っておらん」

「ぼくたちは、総裁の家の玄関でお会いしたはずです。あの死んだ青山という朝日建設の技師と一緒にね」

周囲に集まっている人々は、好奇の目を光らせていた。中には顔を見合わせて頷《うなず》くものもいる。これだけ多くの傍観者がいることに、大場は満足感を味わった。

「そうだったかな」

と、総裁は首をひねった。

「とぼけないでください!」

大場は、叫ぶように声を張り上げた。総裁と理恵子が、ハッとなった。傍観者たちも一瞬、凝然と動かなくなった。

「君、総裁に対して失礼なことを言うんじゃない」

われに還ったように随員の中の一人が、慌ててそう言った。公団の局長クラスにいる男だろう。大場は、その男を無視した。彼は、総裁を睨《にら》みつける目を、固定させたままでいた。しかし、総裁は部下の援護に勇を得たらしい。大きなゼスチュアで、総裁は腕を組んだ。

「まったく礼儀を知らない。妙な言いがかりをつけると、わたしとしても警官を呼ばなければならなくなる」

少々、図に乗ったようである。言わなくてもいいことを、総裁は口にした。言わば、失言と言うべきだろう。大場がこれを見逃がすはずがなかった。

「警官を呼ぶ？　それは面白いですね。あなたはみずから、最も恐れているものを呼び寄せようと言うんですか」

「わたしが、なぜ、警官を恐れるんだ？」

総裁は色をなした。痛いところを突かれたという、その狼狽《ろうばい》ぶりは歴然としていた。

「犯罪者が何を恐れるか。警察か新聞社と決まってますからね」

「犯罪者！」

「そうです」

「暴言にもほどがある。いい加減なことを言うと、容赦《ようしゃ》はしないぞ」

総裁は、たまりかねたように怒鳴った。傍観者たちも、唖然《あぜん》となっていた。しかし今度は、誰も大場を制止しようとはしなかった。大場の言葉つきが、あまりにも自信たっぷりだったからかもしれない。ふと、自分たちの上司を疑ったときの曖昧《あいまい》な気持ちでいるのだろう。

「ぼくは、青山、市橋若葉、それに公団の桜井技師、この三人は、いずれも殺されたのだという結論を出しましたよ」

「何だって？」

総裁は、組んでいた腕を解いた。理恵子が父親の背後に隠れるようにあとずさった。

随員や技師たちにも明白な反応が生じた。彼らはざわざわと風の強い日の水面のように揺れ動いた。

「あなたはおそらく、否定されるでしょう。しかし、ぼくは明言しておきたい。あなたにしても理恵子さんにしても、この三つの殺人に無関係ではないのだ」

「君……！」

「暴言を吐《は》く者として警官を呼びますかね」

「当然だ」

「いいんですか？」

「馬鹿なことを言うな。わたしや娘が人殺しをしたなんて世間の誰が信ずる。証拠もなければ、わたしたちがあの三人を殺す動機もないじゃないか」

「お父さま……」

理恵子が、父親の耳許で言った。よけいなことは口にするなと、告げたかったのに違いない。

理恵子は、大場は、青山と桜井の不正行為に感づいていることを知っているのだ。彼らを殺す動機がないなどと言えば大場の思うつぼにはまるのである。

大場は、冷ややかに笑った。理恵子の胸中を察することが出来たし、その通り、彼は総裁に食い下がるつもりだったからである。

「あの三人を殺す動機は立派にあるじゃないですか」

大場は言った。彼は横目で理恵子が項垂《うなだ》れるのを捉《と》らえていた。

「動機がある？　聞かせてもらおう」

総裁は、理恵子の憂慮《ゆうりよ》に気づいていなかった。盲蛇に怖《お》じずというのは、このことだろう。

「青山と桜井は、白石ダム建設工事に際して、大量の資材を横流しした。というよりも、必要なだけ資材を使わずに、水増し工事をやったんです。その代償として多額の金品を国東建設から受け取っている」

「そんなことは知らない。初耳だ」

「よしてくださいよ。ぼくは、その話を理恵子さんの口からはっきり聞いているんです」

「理恵子……？」

総裁は娘を振り返った。理恵子は、身体の向きを変えてしまった。周囲が、急に静かになった。人々の鋭い視線が総裁に集中していた。

「白石ダムは、岩盤が非常に複雑だ。もし、岩盤に注入されたセメントが絶対量に達していなかったとしたら、何年かのちには、地震や洪水の影響もあってダムが崩壊してしまうかもしれない。それであなたは、慌ててダムの補修工事を命じた」

大場は、一気に喋《しゃべ》った。総裁の答えはなかった。

「そういう事情だったとは、知らなかったな」

「設計に手違いがあって岩盤の補修工事をしなければならないと聞かされただけだった」

「設計の手違いの責任は桜井技術課長にある。当然、桜井課長に責任をとらせなければならないが、課長はあのように申し訳ないという遺書を残して自殺してしまったから、仕方がないという話だったね」

若手の技師たちが、口々にそんなことを言っているのが聞こえた。

「総裁、桜井技師を殺したのはあなたですね」

極めつけるように大場は言った。

「知らん。絶対に知らん。わたしは何も知らないんだ」

と、総裁の顔色はいったん赤くなり、そして再び蒼白《そうはく》になった。

「証拠があるんですよ。物的証拠がね」

「でたらめを言うな」

「総裁は、ライターをお持ちですか？」

「ライター？」

「お持ちじゃないでしょう。さっき見ていたら、あなたはマッチで煙草に火をつけた。愛用のロンソンのライターはどうしたんです？」

「知らない」

「バラが彫りつけてある金色のライター。ロンソンですよ。あなたは、そのライターをなくされた。落としたんです。どこで落としたか教えてあげましょうか」

「そのライターを、どこかで見つけたとでも言うのかね？」

「桜井技師の死体のすぐそばに落ちていたんですよ」

「嘘をつけ。警察が現場を調べているんだ。落ちていたライターを見逃がすはずがない」

「死体を発見した老人が警察に届ける前に、そのライターを持ち帰ってしまったんです。老人はこの土地の人間ですからね、もし、なんでしたらここへ呼んでもいいですよ」

総裁は息を止めるようにして口をつぐんだ。見る見るうちに、総裁の眼光が萎《な》えて行った。

理恵子が、両手で顔を覆った。

「あなたは、総裁の任期が切れたら政界へ出るつもりだった。そのためには履歴に汚点をつけたくない。公団の職員に不正行為があれば、あなたも世間からいい目では見られなくなる。それで、事件を闇に葬ろうとした。あなたは、当事者である青山と桜井技師を殺した。その上、この不正事件を嗅《か》ぎつけた市橋若葉まで抹殺《まっさつ》してしまったんだ」

「総裁は多分、知らないで通すでしょうね」

冬子が初めて口をはさんだ。彼女の目には、憎悪の炎があった。義兄を殺した人間を目の前において、彼女も感情的にならざるを得なかったのだろう。

「あなたが知らないと言われるなら、それでも結構です。ぼくたちは東京へ帰って、警視庁と新聞社へ行ってみるつもりです。白石ダムにまつわる不正事件と、あの三人は殺されたのではないかという疑問を話すために……」

それだけを言い残して、大場は冬子の腕を取ると足早に歩き出していた。総裁父娘をはじめ、その場に残された者たちは、石像のように突っ立ったままでいた。声もなく、咳払い一つ聞こえなかった。

大場と冬子は東京へ帰り、新聞社にいる友人にすべてを打ち明けた。その友人に紹介されて警視庁捜査一課の係長にも会った。

警視庁と新聞社が活発に動き始めたのは、翌日の午後、理恵子が自宅で青山に使ったのと同じ毒物を飲んで自殺してからである。そして、昨日、原総裁が警視庁へ呼ばれたのである。

「そろそろ、ホームへ行くわ」

冬子が、時計を見やりながら言った。彼女はいったん、日立へ帰るのである。一か月後には再び東京へ来るという。短期間ではあったが、やはり別れは味気なかった。

大場は強いて、ほかのことを考えようとした。彼は寒々とした山脈にとり囲まれたあの小さなダムを思い浮かべた。すべてが、嘘のような気がする。しかし、青山のノートには、はっきりと書き残されてあった。『天を突く石像！　まさに恐怖……』と。

（お断り）

本書は１９８４年に旺文社より発刊された文庫を底本としております。
あきらかに間違いと思われるものについては訂正いたしましたが、
基本的には底本にしたがっております。
また、底本にある人種・身分・職業・身体等に関する表現で、現在からみれば、
不当、不適切と思われる箇所がありますが、著者に差別的意図のないこと、
時代背景と作品価値とを鑑み、著者が故人でもあるため、原文のままにしております。

P+D BOOKS

ピー プラス ディー ブックス

P+Dとはペーパーバックとデジタルの略称です。
後世に受け継がれるべき名作でありながら、現在入手困難となっている作品を、
B6判ペーパーバック書籍と電子書籍で、同時かつ同価格にて発売・発信する、
小学館のまったく新しいスタイルのブックレーベルです。

天を突く石像

2015年5月25日　初版第1刷発行

著者　笹沢左保
発行人　田中敏隆
発行所　株式会社　小学館
〒101-8001
東京都千代田区一ツ橋2-3-1
電話　編集　03-3230-9355
販売　03-5281-3555
印刷所　中央精版印刷株式会社
製本所　中央精版印刷株式会社
装丁　おおうちおさむ（ナノナノグラフィックス）

ISBN978-4-09-352203-8

P+D BOOKS